eike m. falk
spiegelreflex

Herstellung und Verlag:
BoD – Books on Demand, Norderstedt

Bibliografische Information der Deutschen
Nationalbibliothek:

Die Deutsche Nationalbibliothek verzeichnet diese
Publikation in der Deutschen Nationalbibliografie;
detaillierte bibliografische Daten sind im Internet
über http://dnb.d-nb.de abrufbar.

ISBN: 978-3-7481-5936-0

barnum. wie der zirkus. barnum, brandenburg.
nest.
hühnerkacke, augentrost, gebrauchte damenbinden im kompost. die hat kirow mir unter-
geschoben, garantiert.
ich weiß nicht, warum hier so viel augentrost
wächst, ich weiß aber, warum kirow das tut.
wenn ich ihn danach fragen würde, würde er
sagen: weil kirow das getan hätte.
ich frage ihn aber nicht, weil ich gleich danach
fragen würde, wo er die damenbinden her hat.
das möchte ich nicht. jeder mensch soll seine
geheimnisse behalten.
kirow ist kirows form der opposition. die hat ihm
seinerzeit zehn jahre bau eingetragen, obwohl
stalin längst tot war.
kirow, der am stahl zerbrach, der die kugel
bekam.
mein kirow hat auch im stahl gearbeitet.
jetzt gehen wir gemeinsam vor die hunde hier.
barnum. nest.
eine sterbende welt.

ich könnte erzählen, wie der himmel im herbst
durch die decke geht. ich könnte mir vom
augentrost einen tec für die augen bereiten.
stattdessen sauf ich sie mir mit vodka trüber. ist
wohl besser so.

früher hab ich gedacht, wenn ich spüren könnte, wohin der wind weht, könnte ich mit ihm gehen. aber der wind weht immer gegen uns.

bei uns gibt es keine anderen straßennamen als barnum.

barnum 7. das bin ich. flatternder steinhaufen plus bretterbude. kann mir keiner nehmen. will mir keiner nicht.

die straße schlängelt sich durchs dorf, als ob's hier was zu finden gäbe. jedenfalls müssen die autofahrer vom gas. viele gibt es sowieso nicht. und zu finden wären bloß kirow und ich auf der kirchhofmauer, aber nur eventuell.

am einen ende des dorfes geht es nach mecklenburg rüber, aber nicht bald, sondern irgendwann erst, nach langen alleen, am anderen ende geht es tief in die uckermark hinein. wenn du in dieser richtung weiterfährst besteht gute aussicht auf verschwinden. in einem zeittunnel, in einem der vielen seen, niemand wird danach fragen.

ich sehe in den spiegel, und sehe mein gesicht. ich sehe augenlappen wie von einer bulldogge. meine augen sehe ich nicht, die sind hinter der brille verborgen. wenn ich die brille abnehme, sehe ich meine augen nicht. was vor augen liegt, heißt bei mir im trüben fischen.

mit brille seh ich rote äderchen vom vodka, von den selbstgedrehten. will kein mensch sehen. will ich nicht sehen. will mir stattdessen den bart abrasieren, eine schneise durchs kinn jagen. bringt auch nichts. wenn ich eine rasierklinge hätte, würde ich sie auf die halsschlagader setzen. würde sie hierhin und dorthin schieben, würde fast in tränen versinken, sie dann bekümmert beiseite legen. weil ich ein einziges kümmernis bin. nicht bereit den heldentod zu sterben. wahrscheinlich, weil ich noch zu fest auf den beinen bin. fragt sich bloß, wozu. es muss aber kein wozu geben. es reicht auch hin, den mann im mond walten zu lassen.

mein hiersein ist eine schlichte trotzreaktion. die ganz schön widerstandsfähig sein kann. was zu beweisen bleibt. wofür sich jede anstrengung lohnt.

mit sarkasmus. und vodka.

der sarkasmus ist die vorletzte stufe der verzweiflung. der vodka läutet den untergang ein.

wie ich gelesen habe, besitzen wir nun das zweitgrößte parlament nach china. china! schon mal die bevölkerungszahlen verglichen? und überhaupt: china!

ist das größenwahn?

oder ist es einfach nur ein zuviel an gier?

ich fürchte, es ist letzteres. denn zum größen-wahn mangelt es ihnen an geist und fantasie, der erforderte gedanken, wenn nicht gar ein gedankengebäude. dazu sind sie nicht in der lage. sie sind die verwalter des mittelmaßes. man nennt es auch die bürgerliche mitte, der ort, wo sich kramp-karrenbauer und göring-eckardt auf den füßen stehen. diese 700 abgeordneten einer handvoll parteien, die nichts, aber auch gar nichts taugen, und dieser einen, die erst recht nichts taugt.

es vereint sie die gier. sie glauben, dass eine ihnen einigermaßen ansehnlich schmeichelnde talkshowgastgeberin die welt bedeutet.

sie erweist sich ihnen als lippenstift, wenig verwunderlich.

ich glaube, ich könnte kotzen, wahlweise böte eine badewanne duftender essenzen einen gewissen ausgleich.

das system ist korrupt, sagt kirow.

das hat er damals auch gesagt. zehn jahre bau.

heute läuft das anders, da lässt man einen wie ihn einfach vermodern.

diese abgrundtiefe jämmerlichkeit ...

sickert unaufhaltsam ein und erstickt deine welt, sagt benno.

meine welt?

benno ist aus dem westen. na schön: west-berlin.

aber seit dreizehn jahren hier. wohnt draußen in der wildnis in ner umgebauten datsche, samt atelier.

benno ist bildhauer und kloppt den lieben langen tag auf steinen rum. manchmal auch auf meinen nerven. so wie jetzt. das konnte ich ihm nicht durchgehen lassen.

kirow ist mir aber zuvorgekommen. dort draußen ist sowieso alles scheiße, hat er gesagt. was aber nur wasser auf bennos mühlen war. wir hier, und die dort draußen, verfügte er lapidar, und setzte mit runzelnder miene hinzu: man könnte es auch als eurozentrismus bezeichnen, ich wüsste nur nicht, wo hier ein euro aufzutreiben wäre.

benno ist ein verdammter schlaumeiernder wessie.

hab ich gesagt, dann haben wir gelacht und die flasche rumgehen lassen.

du denkst zu viel, sagt kirow. dabei denkt kirow ununterbrochen. aber kirow denkt in schleifen.

ich denke an den moderator, den ich neulich im fernsehen erlebte, als es um den plastikmüll in den meeren ging. ob der von den touristen auf den kreuzfahrtschiffen stammte, die plastiktüten ins wasser werfen, wollte er vom experten wissen.

ich dachte, ich werd nicht mehr! der hat das ernst gemeint. dumm wie bohnenstroh.

nein, sagt benno, das hat system.

schon wieder das system. man könnte zum verschwörungstheoretiker werden.

nix da, sagt benno. es verkrümeln sich die fakten.

75% weniger insekten in den letzten 27 jahren, sprudelt es aus mir raus.

bist du schwalbe?

ich mag schwalben, sagt kirow.
ich seh ihn erstaunt an.
raus aus der schleife.

wie das herz rasen kann. wie es sich zusammenfalten kann wie zwei welke blätter. wie es mir den schweiß auf die stirn treibt und die angst den nacken hochkriecht. das ist aber nur am anfang so, wenn es einsetzt. dann aber gleich der gedanke: es ist vorbei. und: gut so.
ich leg mich flach hin und warte auf das ende. das kommt nicht. das herz pumpt. dann ist es weg. ist aber immer noch da.
außerdem kann ich kirow nicht alleine lassen. der ist so verdammt gesund.

ich wohne hier seit damals, wie sie mich von der humboldt geschasst haben.
ich war nicht berühmt genug für den westen, habe wohl auch nicht laut genug gestrampelt. wollte ich auch nicht. mir gefiel es hier, ich konnte alle meine bücher mitnehmen.
mir gefällt es noch immer. die bücher haben sich vervierfacht.
das damals ist sehr lange her.
etwa zur gleichen zeit kam kirow zurück.
ich hab ihn zu mir geholt. er hatte keinen mehr.
wir waren auch ziemlich gleichalt.
während ich karriere machte und sie gleich wieder verlor, hat er im stahl geschwitzt.

im dorf haben sie getuschelt, wie sie es heute noch tun: da sind die beiden richtigen bei-sammen.
ich habe gelesen, kirow hat in der lpg den stall ausgemistet. so vergingen unsere tage.
abends habe ich gekocht, dann haben wir uns an den see gesetzt und bier getrunken.

jener ort, der war einmal, da halfen auch keine kerzen im fenster, die hat der wind ausgeblasen, da war auch die erinnerung tot.

warten / 1

am liebsten habe ich auf fähren gewartet, die mich zu inseln oder entfernten küsten trugen.
sobald ich den hafen, die anlegestelle, erreicht hatte, mir eine fahrkarte gekauft und die abfahrt der nächsten fähre erfragt hatte, betrat ich den wartesaal.

es beginnt der prozess des wartens, bei dem es keine rolle spielt, ob eine stunde, zwei oder drei bis zur abfahrt vergehen werden.
die zeit hat sich eingerollt wie ein schlafender hund.

ich gehe zum kiosk, den es in jedem wartesaal gibt.
dort bestelle ich mir einen becher kaffee und eine käsestange und beobachte den mann oder die frau hinter der theke, wie sie die kaffeemaschine in gang setzen, mir kekse auf den unterteller schichten, mal zwei, mal drei, milch und zucker. ob tagsüber, frühmorgens oder abends, sie machen immer einen ermüdeten eindruck, bleiben aber stets freundlich, hilfsbereit, mit einem aufmunternden wort zur stelle.
ich zahle und balanciere das tablett an einen tisch.
ich stelle das tablett ab, setze mich und lege meinen rucksack auf den nachbarstuhl.

ich zerteile die käsestange, nehme bissen für bissen auf, kaue, fast andächtig, jedenfalls sehr bewusst, unterbrochen von vorsichtigen schlucken kaffees, der ist noch sehr heiß.

ich weiß nicht, warum entkommen mein erster gedanke war, denn ich wüsste nicht, wovor ich fliehen sollte, wenn es nicht die welt an sich wäre.
dem ist nicht so.
das entkommenwollen muss sich wohl auf mich beziehen.
mir entkäme ich leichtfüßig ohne einen schritt zu tun.
nicht ganz.
ich gehe durch die hintertür nach draußen. eine rauchen.

der tag setzt ein, ein abenddämmer, ich brauche mich nicht zu entscheiden, weil es für den ablauf ohne belang ist.

ich gehe wieder rein, setze mich an meinen tisch.

der kaffee ist kälter geworden, ich trinke ihn in zwei kräftigen schlucken aus.
ich öffne mein handy und beginne zu schreiben.
ein mann nimmt am nebentisch platz.
teurer mantel, dicke brille, achtsame bewegungen.
auf seinem tablett ein milchkaffee, nichts zu essen.

noch bevor er sich dem kaffee widmet, legt er ein buch auf den tisch.

tischbeins goethe auf dem umschlag. die italienische reise. eine gebundene ausgabe.

er beginnt darin zu blättern, ich sinne darüber nach, was ihn daran interessieren mochte, denke an mein zerfleddertes exemplar, da fällt ihm etwas zu boden: eine cd. die war wohl dem buch beigefügt, ihre hülle auf dem rückwärtigen deckel verklebt, wie ich vermutete, nicht sorgfältig genug, herausgerutscht, eine unaufmerksamkeit seinerseits, vielleicht hatte er auch gar nicht mit dieser beigabe gerechnet, wie auch immer, sie fiel zu boden, kullerte unter den stuhl.

er bückt sich, achtsam, hebt sie auf, betrachtet sie von allen seiten, sie scheint nicht beschädigt, er steckt sie in die hülle zurück, beginnt zu lesen.

ich beginne in mein handy zu tippen, fühle nach, was er liest, fühle mich fortgehoben.

wie ein messer den bauch, durchbohrt der corso die stadt.

es ist ein schmales langes messer, dessen spitze im capitolinischen hügel steckenbleibt.

dort schwingt es, bebt und zittert auf und nieder.

über schaft und klinge tanzt der karneval.

ohne vorwarnung ist er gekommen. ohne dass der weite blau himmel etwas ahnte.

wie der morgen erwacht, ist der corso gefüllt von den absonderlichsten gestalten.

pulcinellen, die sich einen könig suchen.

der advokat des teufels, der aller welt seine aufwartung macht.

er weiß von allen alles, und sie sollen es kräftig büßen, keiner bleibt verschont.

die quacqueri, napolitanische sbirren, der tabarro, weiße gestalten.

namen, masken, falsche gesichter.

es ist bunt, es ist schreiend, es ist eine qual ohne verstand.

es ist ein gedränge, es wird geschubst und gestoßen.

wohin du dich wendest, steht der advokat und brüllt dir die schlimmsten verwünschungen ins ohr.

dann kommt der konfettiregen. dann wird es dunkel. dann kommt die nacht. die wachen verlassen ihre posten.

kerzen werden entzündet.

'sia ammazzato chi non porta moccolo!'

unter diesem ruf bläst man sich gegenseitig die lichter aus.

das leben schreitet munter fort.

bis aschermittwoch bleibt der taumel erhalten.

und so, schreibt goethe, 'wünschen wir, dass jeder mit uns, da das leben im ganzen, wie das römische karneval, unübersehlich, ungenießbar, ja bedenklich bleibt, durch diese unbekümmerte maskengesellschaft an die wichtigkeit jedes

augenblicklichen, oft gering scheinenden lebens-
genusses erinnert werden möge.'
so sei es. ja.

fast gleichzeitig erheben wir uns, stoßen beinahe
mit den köpfen zusammen, entschuldigen uns,
lächeln, wechseln einige worte über die insel,
unser ziel, erwartungen, den orkan, der sich von
norden über das meer bewegt.

wir gehen zur theke, bestellen uns beide einen
neuen kaffee, kehren zurück, lächeln, er vertieft
sich erneut in die reise, ich mich in einen band
gedichte.

warten.

brot, oliven, wein. und das schweigen der
bootsrümpfe.
da gibt es einige, die draußen im hafenbecken an
den dalben festgemacht liegen.
das wasser ist spiegelglatt, ölig.

warten.

warten, bis die fähre bereit ist, die passagiere an
bord gehen können, im dunkel, das rote blinken
des scanners, der die fahrkarten abtastet, die
seilwinde für die gepäckcontainer.
du kommst aus dem nichts und fällst in die
bugwelle, wo du deine geschichte findest.

wenn man nichts sieht, muss man die welt im kopf haben.

ich finde ja, dass es eine ziemlich sinnvolle zeit- verschwendung ist.

der sehnsuchtsort, das ist immer der, wo man nicht ist. es geht also weiter.

der orkan zieht auf. er bewegt die wolken und die mastbäume, die köpfe nicht, nein.

wenn es hier dunkel wird, wird es dort hell. aber wenn es dort dunkel wird, was dann?
es reißt sich ja nicht fort.

die freiheit beginnt über den dächern, wenn in den fenstern die lichter ausgehen.
bis zur schwärze bleibt noch eine stunde wach- samkeit.

wie sich verlorenheit einstellt?
es ist ganz einfach ...
ich habe es hingeschrieben, schon waren die
worte verschwunden, die hätten folgen sollen,
die sich in meinem kopf gesammelt hatten, die
herauswollten.
da erst habe ich begriffen, dass es keine worte,
dass es bilder waren.
die waren übermächtig. die haben die worte
erschlagen.
totschläger der übelsten sorte sind sie. toten-
gräber meiner welt. benno hatte recht.
dieses gefühl der verlorenheit ...
es ist etwas für die jungen jahre, es ist etwas für
die alten, das älterwerden, es ist etwas für die
verlierer.
wie anders sollte es sein, und wer sonst außer
diesen sollte es verstehen können?
die satten nicht, nicht die zufriedenen, und wie
leicht bescheidet sich der mensch.
baut sich einen stuhl, baut sich einen tisch, baut
sich ein haus drumherum.
dann kommen die brandstifter.
die immer kommen, darauf kannst du dich
verlassen.
wievielmal möchtest du leiden, nichts anderes
wird hier gefragt.
nein. du wirst nicht gefragt.
die welt ist nicht freundlich zu dir, wenn du ein
wolf bist, ohne nutzen den gierigen und

frommen, den kükenschlächtern, den säuebe-samern.

ich bring sie alle um, schreit kirow, und schwenkt eine alte schrotflinte, die er werweiß-woher aufgegabelt hat.
benno reißt die augen auf, nach oben, nach unten, was sein gesicht wie eine indische glubschmaske aussehen lässt.
da habe ich gleich zweimal zum fürchten.
aber es ist ja nicht so, dass ich angst hätte, nicht, dass benno angst hätte, er hat ja nur so getan, wenn auch aus einem ernsten grund, denn nicht um uns, um kirow geht es, steht es schlimm, wenn er sich so gebärdet, er ist ja sonst die ruhe in person.
es muss ihn fürchterlich was aufgeregt haben.

die wölfe in der schorfheide sind's.
nein - nicht die. die berliner, die sie abschießen kommen: politiker, gangster, firmenbosse.
eine streng geheime sache. aber es dringt ja immer was durch und kommt zu ohren. greift um sich und sickert in die letzte güllegrube.

kirow weiß das alles. der kennt den wald und die heide, der weiß, nach welcher uhr die seen ticken, der kennt die dörfer, die häuser, alle menschen darin.

bist du dir sicher? ich kann es kaum glauben: eine solche perfidie!

aber ich denke noch immer: der mensch ist gut.
sitze all die jahre hier und habe mich noch nicht
von dieser krankheit geheilt.
benno kennt die welt besser. der klugscheißer,
der wessie. der hält nichts für unmöglich.
aber mit der knarre, das läuft nicht.
die knallen dich ab und kriegen noch das
bundesverdienstkreuz dafür.
umdenken ist angesagt.
köpfe rauchen lassen, eine rauchen gehen.

nach zwei bieren schält sich der plan aus.
autoreifen aufschlitzen.
wenigstens wehtun soll es ihnen.
was anderes wär uns gar nicht eingefallen.
öffentlichkeitsarbeit? mit plakaten und be-
troffenheitsmiene an den waldrand stellen? hihi!
nichts da. hier kämpft das proletariat.
und wenn sie leibwächter dabei haben, und
chauffeure?
glaub ich nicht, die wollen unter sich sein.
wir müssens draufankommen lassen.
und wenn sie da rumstehen, sind wir eben drei
wunderliche alte, die pilze suchen gehen.
pilze?
ja, aber solche, du weißt schon, die roten mit den
weißen pocken.
apropos ...
nein benno, mit deinem fahren wir nicht ...
bennos ist ein alter transit, der sehr bunt strahlt.
meiner ein dunkelblauer golf, den ich mir kurz
nach der wende gekauft hatte.

ein echter drei-liter-diesel, wie man ihn heut-
zutage nicht mal mehr gepfuscht hinkriegt. es ist
schon traurig.
aber mal spaß beiseite: der ist so dunkelblau, der
läuft so mit, den sieht keiner.
so wie uns. nicht. drei schummrige alte.
mit jagdmessern.

made in the german democratic ...
die kramt uns kirow raus
(der hat aber auch alles).
jagdmesser aus mühlhausen, erklärt er uns.
wurden auch von den betriebskampfgruppen
verwendet, sagt er.
na, wenn sich einer mit stahl auskennt ...

die fahrt.
so viele seen. so viel wald. quer durch templin.
mehr wald. und etwas feld. und mehr wald. mehr
mehr mehr.

ich war ja bis zuletzt noch ungläubig gewesen.
ach, mensch!
da standen sie aufgereiht.

die tat. und die täter: wir.
keine beobachter, störenfriede: die chauffeure,
leibwächter.
in der waldschänke. zum goldenen hirschkäfer.

anstrengend. immer in die beuge. ist nichts für
alte männer.

und die armmuskulatur ...
so ein gummireifen bietet widerstand.
aber der stahl hat gehalten.

geschafft. alle neune
(es waren fuffzehn)
(viermal fuffzehn macht ...?)

hoch die internationale solidarität, intonierte
ich.
kirow hob die faust.
okee, sagte benno, okee, ich versteh schon:
polnische wölfe und deutsche hornochsen. wir
sollten trotzdem machen, dass wir hier
wegkommen.

was wir taten.
schlugen uns ins gebüsch undsoweiter.

scheiße! zauste sich benno das haar, wie ich den
golf in die gänge brachte, wir haben das
bekennerschreiben vergessen.

wir kehren jetzt nicht um, sag ich, aaaber:
ich lad euch zum essen ein ...
bei britta?
aber sicher doch.
kirow strahlte. ein freudenkind.

britta war die fülle an sich, rot im gesicht, in den
haaren, tausend bunte spangen.
und kochen konnte sie ...

mmmmmh ... ob es schon gans gibt?
benno zauselte vor, zurück, stellte die musik
lauter. antenne rbb:

... du hast den farbfilm vergessen, bei meiner seel
...

ich musste an das bekennerschreiben denken

... nun glaubt uns kein mensch, wie schön das hier
war ...

es gab ente. und einen rotwein aus dem périgord.

barnum / 3

jemand gibt dir ein rätsel auf.
jemand erteilt dir einen rat.
was auf den ersten blick unterschiedliche positionen einzunehmen scheint, ist gar nicht so weit voneinander entfernt, denn: dein denken ist gefragt.

wenn es alleine in der küche ist, hat es vier buchstaben.
sind sie zu zweit, werden es fünf.
bei sechs sind es sieben.

ich weiß gar nicht, ob wir überhaupt eines haben, sagte ich.
kirow griff hinter seinen rücken und legte es mit einer triumphierenden geste auf den tisch.

dadaaaa ...

na schön, sagte ich, du hast gewonnen.
kirow strahlte übers ganze gesicht.
wahrscheinlich hatte er tagelang gegrübelt. über das rätsel, und wie er es mir beibringen konnte.
wobei ich mir nicht sicher bin, ob er es sich selbst ausgedacht hat.
wahrscheinlich hat es ein kind ihm erzählt.
obwohl: so viele kinder gibt es hier nicht mehr, die jungen leute sind ja alle fortgezogen.

andererseits: selbst wenn es auf der welt nur
noch ein kind geben sollte, das kind und kirow
würden sich finden.
kirow kann gut mit kindern.
ich kann auch gut mit kindern, aber in mir sehen
sie immer den erwachsenen.
in kirow erkennen sie das andere kind.
das ist kein rätsel, das ist eine beobachtung.

sieb siebe sieben
siebe sieben sieb
sieben siebe sieb

und es siebt
die sieben philosophischen weisheiten
(die ich mir noch auszudenken habe)
die sieben gegen theben
die glorreichen sieben

kirow ist mir ein rätsel.
kirow ist mir kein rätsel.
kirow erteilt mir keine ratschläge.
kann aber sein, dass er den kindern welche
unterbreitet. von gleich zu gleich.
mit einem lächeln im gesicht, das um verzeihung
zu bitten scheint für die anmaßung.
so lächelt er auch jetzt.

karascho, sage ich, wir backen einen kuchen.

man könnte höhlenforscher spielen, untersee-taucher, noch besser: bodenaufschneider.

erdschichtenleser werden. es wird immer etwas zu finden geben, geheime botschaften, vor jahrhunderten, jahrtausenden versteckt oder achtlos beiseite geworfen.

da haben kinder etwas hingekritzelt, eines am yadoga-see, ein anderes im altaigebirge, ein drittes in memphis, am ufer des nils. und dazugeschrieben haben sie: `ich bin eine bestie´, `ich bin eine chimäre´, `ich bin ein ungeheuer´. und alle sehen sie aus wie eine bundesdeutsche politikerin.

subversive spielchen oder le grand macabre? wir wissen doch alle, dass alles den bach runtergeht. die wussten das auch, die haben dasselbe spiel gespielt.

aaaah! wir wollen das leben leben, nun mehr denn je. wir wollen noch mehr autoreifen aufschlitzen, wir wollen kuchen backen und vodka trinken.

ich habe mir zum vergnügen auch ein solches ungeheuer gezeichnet.

es ist aber ein ganz liebes. wenn ich genau hingesehen hätte, hätte ich den schmetterling bemerkt, der ihm auf der nase saß. da hatte ich das bild aber schon vollendet.

man muss es sich eben dazudenken, versucht kirow mich zu trösten.

wobei das natürlich gar nicht nötig wäre, aber so ist kirow nun mal.

ausgerechnet jetzt sehe ich, wie sich der reißverschluss eines igluzeltes öffnet.
heraus schaut ein bär, der gähnt.

ungläubig und mit geöffnetem mund starre ich kirow an.
nur, dass meine zähne nicht ganz so gewalttätig wirken.
kirow klopft mir dann auch schlicht auf die schulter.
prankenhiebe.
komm runter, mann.
mann, mann.
ja, ich weiß.

und dann tauchten die berge auf.
berge wie zipfelmützen.

popp, popp, plopp machten sie.

hast du irgendwas in den kuchen getan, fragte ich.
kirow findet so allerlei, nicht nur gebrauchte damenbinden.

kirow rückte dann auch mit der sprache raus.
er hatte das päckchen von klaus. klaus, dem klaustrophoben.
es sei ein kuchengewürz, hatte der kirow erzählt.
benno war ganz aus dem häuschen, wie wir ihm berichteten.
beim nächsten mal will er unbedingt dabei sein.
wir versprechen es ihm. das päckchen ist erst halbleer.

und was macht die polizei?
die sucht. tut so als ob. fährt die straßen ab. aber es ist ja nichts offiziell.
offiziell ist nichts geschehen.
dabei wissen sie mit sicherheit bescheid. sind ja alle von hier. die werden mitgekriegt haben, dass es für uns bei britta was zu feiern gab.
brauchen nur das kleine 3 x 3 bemühen.

wir haben uns nicht erwischen lassen. also scheiß drauf. scheiß auf die scheißkerle aus berlin.
die bullen werden auf der wache sitzen und sich eins grinsen.
wir sitzen in der küche und grinsen auch.

es heißt, dass sogar zwei von denen mit hubschraubern zurückgeholt werden mussten.
die herren wichtig und unentbehrlich.
meine selbstzufriedenheit ist grenzenlos.

wir sind berühmt, stellt kirow fest und mit ernster miene klar.
natürlich nur im untergrund, brummt benno, und zwar da, wo es besonders stachelig wird.

spektakulär, rabenkrätzig und banal, alles zugleich, sagte ich, wie bei einem unfall mit sehr viel verbogenem blech, die räder drehen sich noch, die blutlachen ungeronnen.

und was machen helden, die einen erfolgreichen coup gelandet haben?
sie planen gleich ihr nächstes stück.
damit ist ihr schicksal besiegelt.
das bonnie&clyde-syndrom.

aber selbst wenn ...
spielen wir's doch mal durch ...
mal angenommen

sie würden uns am wickel kriegen, was könnten sie tun?
einen riesenwirbel veranstalten? das dürfte wohl kaum in ihrem interesse liegen. könnte peinlich für sie enden.
also uns drei als verwirrte knacker in die ecke schieben. nicht in den knast, wohl eher in die klapse. auch nicht ohne risiken. für sie wie für uns. halt, ich berichtige mich: nicht für kirow. den würden sie in der klapse nicht halten können. mich im zweifelsfalle auch nicht. doch

ich bin kein wanderer wie kirow, ich brauche meine bücher. schon wird man verletzbar.

irgendwann wirst du blind sein und taub, sagt benno, dann schwappst du in deiner erinnerungsbrühe.
gut, wenn man viel gelesen hat.
ach, hab ich ganz vergessen, sagt benno, dein kopf wird wie ein schnürsenkel sein, den du nicht mehr zubekommst.
scheißkerl.
4 uhr nachts. regen. die dachrinne läuft über. sturzbäche. ich mag das geräusch. es klingt so unaufhaltsam.
trotzdem: sollte ich bei gelegenheit mal freischaufeln. nicht heute.
haben wir noch wein?
zwei flaschen bis zum morgengrauen.
das grauen inbegriffen.

aber halt.
das beste zuletzt: sie haben keinen wolf erwischt.
manchmal kann die welt sehr gerecht sein.
aber nur sehr manchmal, brummte benno.

warten.

bis das horn des westens erklingt.
zu erkennen gibt, was die stunde ist.

das ist leicht dahingesagt.
sie haben es sich einfach gemacht, die alten
ägypter.
sie haben etwas zu kennen vorgegeben.
oder sollten sie es tatsächlich gewusst haben?
wussten sie, dass das boot anlegen würde, das
boot mit den neun pavianen, den zwölf stehen-
den göttinen, den neun hockenden göttern?

wenn das horn erklingt. das horn des westens.
südlich des nirgendwo.

ich warte.
warte, bis das boot anlegt.

ich habe es sorgfältig studiert, das amduat, den
reiseführer in die unterwelt.
deren   gemüsegärten   ich   kenne,   die
gewächshäuser, worin die giftigen schlangen
und spinnen wohnen. ich wüsste zu unter-
scheiden wer freund ist, wer feind. ich kenne die
tückischen strudel.
ich habe es nachgelesen: ein nachtbuch, ein
stundenbuch. ich habe es kopiert und abgeheftet,
abgelegt im karteikasten.

ist es anmaßung? ist die gier der krokodile gestillt? sind die kühe zur weide gelassen?

ganz und vollkommen und ohne flehen. herrin des windes war ihr name, da wir an ihr vorübersegelten. um die zehnte stunde.

um die elfte: uroboros, die weltumringlerin. in deren leib wir uns verjüngen.

dieses geheime bild. so heißt es, so steht es geschrieben.

und nun gilt es: zupacken, das boot hindurch-bringen, irgendwie.

war es alles nur ein traum?

stehe ich nicht noch immer an der anlegestelle?

gleitet der sonnengott vorüber, oder ist es der leichnam, sein bruder?

kirow = dionysos / 1
q.e.d.

es ging die rede (hesiod, plato), dass in den
eleusischen mysterien priester und priesterin
die vereinigung von zeus und demeter
nachstellten.
es wurde also gemunkelt (sagen wir mal so) - d.h.
so ganz öffentlich wird die darstellung, mithin:
der porno, nicht gewesen sein, womöglich nur
für stramm zahlende orientalische potentaten
(es wird von jeher so gewesen sein).

das alljährliche jagen und geboren werden, in
der unterwelt schmachten (den schleier tief ins
gesicht gezogen) und vom frühling träumen
(wenn er kommt: den schleier fortgeworfen,
beiseite gefegt, in den schmutz getreten).

was macht iasios in der geschichte? ahhhh - der
erfolgreiche jäger, der nebenbuhler, der es mit
der göttin in den furchen des dreifach gepflügten
(!) ackers treibt.
dann war er das also ...
zeus hat ihn dann mit seinem blitz erschlagen
(der *peacemaker*, der allgebräuchliche).

die geschichte verwirrt sich zusehends im
weiteren verlauf.
was mit den daktylen und schlangen zu tun
haben könnte.

von den daktylen gab es fünf oder zehn oder hundert.
von den schlangen drei = überschaubarer rest.
zeus mit mutter und tochter (die eventuell - s.o. - doch nicht seine war)
verknotungen unausweichlich.
aus welchem grunde man das zeichen symbolon erfand.

ich reiche dir mein symbolon, du reichst mir einen becher wein
(um etwas einfaches und verständliches zwischenzuschieben).

vergebens, denn:

plötzlich steht vor mir die göttin der nacht als großer schwarzer vogel.
orphisch wie der wind, der ein ei legt.

an dieser stelle winke ich endgültig ab, bemühe chronos (der keinesfalls mit kronos verwechselt werden sollte) und überspringe einige zeitläufte.

barnum / 6

märkische heide, märkischer sand ...

damit ist alles gesagt, könnte alles gesagt sein, wäre eine reduktion auf das wesentliche erreicht, sofern man dies anstreben wollte.
was nicht in meiner absicht liegt. das gegenteil ist der fall.
es stehen bäume im wald, die weinen rotes blut.

fliege hoch, du roter adler ...

was sich dabei einstellt, wenn ich es höre (oder gar selber singe), wenn ich den aufschwung der worte und die melodie in mir aufnehme, ist ein gefühl der freiheit, wie ich manche kenne (wenn ich es mir jetzt so überlege), aber - nun ja - es ist eines davon.
erst gestern haben kirow und ich es gesungen. benno darf ich gar nicht davon erzählen, er würde uns für komplett plemplem erklären (womit er natürlich nicht falsch läge).

das lied hat seine schwächen, die nicht gering sind, denn der übrige text ist totaler schwach-sinn.
und dann hat es seine geschichte ...

es waren ja wohl die wandervögel, deren lied es zunächst war.

seltsame vögel waren das. melancholiker einer sterbenden gesellschaft, deren untergang sie nicht voraussahen, das behaupten zu wollen wäre wohl zu viel gesagt, doch eine ahnung der künftigen abgründe wird wohl in ihnen geschlummert haben.

dass ihre bemühungen rührend und hilflos auf mich wirken, hat nichts zu bedeuten, denn wie sollen wir autoreifenaufschlitzer den künftigen generationen erscheinen (von der gegenwärtigen ganz zu schweigen)?

kenne ich die abgründe der zukunft?

nein.

dass es welche geben wird, darauf hinzuweisen, wäre kinderkram, das kann ich mir sparen.

ich denke lieber weiter über die wandervögel nach, ergänze sie um die morgenlandfahrer, die hippies auch. kafka und hesse von außen und innen. gustaf nagel und otto gross.

der rote adler fliegt.

den konnten die nazis nicht zu boden zwingen.

den kriegt keiner zu fassen.

indem ich dies sage und aufschreibe wird es wahrer als ich selbst es bin.

gustaf nagel

ich bin ja so einer, der an der welt leidet ...
(fürchterlich, diese formulierung - ich komme
mir gerade vor wie ein aufgespießter pracht-
falter, der zeter und mordio schreit)
(stimmen tut es aber doch)
(was schrecklich genug ist)
also (augen zu und durch): ich bin so einer ...
und die miesen zustände, die auf der welt
herrschen, gehen mir gehörig auf den keks
(wunderbar! - so habe ich einigermaßen die
kurve gekriegt).
früher, in jungen jahren, habe ich dagegen
aufbegehrt, lautstark, polternd, nicht sehr ge-
schickt zumeist, was mich letztlich ja auch
hierher in die verbannung führte.
später habe ich versucht mich zurückzunehmen,
obwohl es gar nicht mehr nötig gewesen wäre,
ich hätte hier schreien können so laut ich wollte.
es war meinetwegen geschehen, ich wollte zur
ruhe kommen, ruhe in mir selbst finden, das ist
mir so einigermaßen gelungen, auch wenn es
doch immer mal wieder in mir hochbrodelt, so
eine disposition gerät einem nicht abhanden,
selbst das älterwerden scheint dagegen nichts
ausrichten zu können, die sache mit den wölfen
beweist es nur zu gut.
doch zwischendurch ...
ja, zwischendurch, da habe ich gelesen und
gelesen, habe mein altes studiengebiet, die
ethnologie, weiterbetrieben, habe weiterver-

folgt, was sich dort so tat (und es tat sich viel), habe neue und alte literatur gelesen, geschichte, psychologie und philosophie studiert, habe (man merkt ja schon, worauf das hinausläuft) ein faustisches wesen an den tag gelegt.

so beschäftigte und betäubte ich mich über jahrzehnte.

ich habe zeit aufgehäuft.

ich habe wissen in die scheune gesammelt. wo es verfaulte.

ich bin so einer ...

kirow ist ein anderer.

er ist derjenige, der für die welt und mit der welt leidet.

der vergräbt sich nicht hinter büchern, der geht hinaus über die felder, in die dörfer, zu den menschen.

ich weiß nicht, was er mit ihnen spricht, bin mir aber sicher, dass es keine großspurigen botschaften sind, die er überbringen kommt.

so einer ist kirow nicht. er ist kein heiland, kein apostel. er ist einfach allen ein freund.

er wird es mit den anderen halten, wie er es mit mir tut, wenn er von seinen gängen zurückkehrt und mir etwa ein verkerbtes rindenstück in die hand drückt und sagt: schön. ist es nicht schön?

einem ähnlichen war ich schon vor langer zeit in berlin begegnet.

auch der kein lauter mensch, kein prediger, der hat einem still und leise einen kleinen zettel in

die hand gedrückt, auf dem zu lesen stand, wie
die welt gütiger und gerechter zu machen wäre.
irgendwann ist er ausgeblieben.
sie werden ihn beiseite geschafft haben, vermutlich in eine nervenheilanstalt eingewiesen.
vielleicht nach uchtspringe, wie es gustaf nagel
geschah.
der war mir bei meinen nachforschungen zu den
wandervögeln untergekommen, da erinnerte ich
mich, dass er mir früher bereits begegnet war:
auf dem monte verità.

der monte verità ist etwas sehr eigenes, der
bekommt vielleicht noch ein kapitel oder zwei,
wer weiß wohin der wind mich trägt, der
herbstwind, der ist heute ganz leise gewesen.
und der himmel eine silberpappel.

von gustaf nagel möchte ich jetzt reden.
und muss mich hüten ...
stereotypen meiden
der sonderling
der missglückte
der unzurechnungsfähige
verrückte
der mit dem jesushaar und bart

das ewige, blicklose auge der sphinx
ihr zur seite die vorsehung sitzt
knotet ihre maschen

er kam zu verkünden.

natürlicher naturmensch von beruf (tucholsky).
glaubt, mit gott und den engeln zu sprechen und
sieht sterne, die ihm den weg zeigen.
unmöglich, das ...
musste entmündigt werden. so einer.
wandert nach jerusalem.
wandert. verkündet.
eine attraktion.
ein jahrmarktsereignis.
die nazis sperren ihn weg, als er goebbels zu
erfahren gibt, dass er sich den endsieg abschminken kann.
er kommt noch einmal frei.
wird wieder weggesperrt: uchtspringe.
der war keinem recht.
das war so einer.

es schlagen stunden
so viele
du hörst nicht mehr hin
zählst nicht die
abgeschlagenen köpfe
geschändeten pfeiler darauf
die propheten standen

zu sprechen
kam ich nicht
wie die vögel
die scharren im laub

die hyänen stehen
in einer reihe

kirow = dionysos / 2
(fortsetzung)

als kirow geboren wurde
(obwohl ich gar nicht weiß, ob er überhaupt
geboren wurde und nicht einfach da war)
als kirow ins leben trat (sagen wir mal so)
gingen andere in der schorfheide auf die jagd.
der generalluftfeldmarschall
`links lametta, rechts lametta, in der mitte ganz
ein fetta´
(mein onkel arno, mauthausen 1944).
die aufmüpfigkeit liegt in der familie, das lose
mundwerk: ein schicksal.
manchmal, in störrischen momenten, bin ich
irgendwie stolz darauf, aber eher schüchtern.
meistens verfluche ich es.
von hier. aus. meinem gulag heraus. dem west-
östlichen gulag. dem ewigen, ewig gleichen.
umbettet vom wahnsinn der machthabenden. ob
sie sich nun vom volk gewählt wähnen oder
erwählt.
ich möchte wohl gerne mal in einen solchen kopf
hineinkriechen. oder doch besser nicht. mir
reicht mein eigener. und der von kirow (den ich
aber nur sehr ungefähr betrete).

ob ich mir kirow mit hörnern vorstellen kann?
durchaus.
und mit luchsgespann? eher mit wölfen. luchse
gibt es hier keine.

ich wäre dann der trunkene greis auf gebogenem
rücken des esels, der ihm folgte.
benno der andere, ein wunderling, vom unterleib
an der bock mit rauhhaarigen beinen.
das bild gefällt mir ausnehmend gut.

ich lege den kerényi beiseite (der für sich alleine
ein juwel ist) und beginne weiterhin zu stöbern,
finde einige schönheiten in den schriften der
alten, einiges bei ovid, anderes bei lukian von
samosata.
bei letzterem die geschichte von den drei
quellen.
am linken ufer des indus befindet sich ein hain
(so schreibt er), in dem es drei sprudelnde
quellen von kristallener reinheit geben soll. die
eine gehört dem satyr, die andere dem pan, die
dritte dem silen.
jedem alter ist eine quelle zugeordnet. die
jünglinge trinken aus der des satyr, die männer
aus der des pan, die alten aus der des silen.
was nun mit den jünglingen geschieht, und wie
unternehmend die männer werden, darüber
wollte lukian sich nicht weiter auslassen.
von den alten aber erzählt er
(denen von meinem alter, wie er schreibt)
(was mich vermuten lässt, dass er es selbst aus-
probierte)
(oder auch nicht, solch philosophierende
schreibspechte legen sich ja die sonderbarsten
geschichten zurecht)

erzählt, dass ihnen mit einem male die brust frei wird, dass sich ihre stimme hebt, hell und klar, dass sie zu reden beginnen ohne unterlass.

ein gedränge der worte, wie stöbernde winterflocken.

ich wüsste, was ich zu sagen hätte, womit ich einen anfang machen würde:
was nützen uns menschen die schönsten erfindungen (würde ich sagen), wenn wir uns nicht selbst neu erfinden lernen - von der gierigen bestie zum durchdachten wesen gestalten.
denken tun wir ja genug.
nur eben nicht zielgenau.
die zerstörungen, die wir an uns selbst begehen, übertragen wir nur zu gerne auf die welt ringsum.
da hat jemand was vergessen, einen konstruktionsfehler begangen: ein zerstreuter gott.

da verlässt mich die wirkung der quelle, ich verfalle in erneutes (altersdumpfes) schweigen ...

so verbleibe ich bis zum nächsten jahr, denn erst dann stehen die quellen wieder offen (ein frustrierender gedanke), und schließe mit lukians worten: habe ich etwas ungeschicktes geredet, so trägt der rausch die schuld, sprach ich klug, so sei es dem silen gedankt.

oder, von einer anderen warte aus betrachtet: so wird man fürs lamentieren bestraft und sollte sich besser wieder seiner bocksfüße besinnen.

es regnet ohne unterlass. ich habe den kamin angezündet. ein schweres schwarzes gusseisernes ding. ich habe die beiden türen offen gelassen. ich sehe das holz, die flammen, höre das knistern und knacken. ich spüre gedanken in mir. sie bewegen sich durch meinen kopf, dorthin, wo ich sie in empfang zu nehmen komme, normalerweise. doch sobald ich einen zu fassen versuche, ist er verschwunden. ich bin verwirrt, weiß nicht, wie ich damit umgehen soll. die gedanken tauchen in immer kürzeren abständen auf, um sich nur gleich wieder aufzulösen. bald bin ich zu erschöpft, um panik zu empfinden. es ist eine vorausschau auf kommendes: etwas, das ohne gestalt ist, und auch keine mehr anzunehmen gedenkt.

einmal werden mir die augen zufallen. ich werde schlafen und mitten in der nacht aufschrecken. nicht, weil das feuer ausgegangen ist, das ist längst erloschen, sondern weil ich einen schrei hörte. ich weiß ihn nicht zu deuten, einzuordnen. es knackt im gebälk in immer gleichen abständen. ich lausche. dann setzt das geräusch aus. ich erstarre. raffe mich auf, gehe vor die tür eine rauchen. der regen ist fort, nebel aufgezogen. ich gehe in die küche und fülle mir ein glas wein. ich entzünde den kamin. wärme steigt auf, das geräusch setzt wieder ein. ich setze mich in den sessel und schließe die augen.

kirow hat mir eine decke übergelegt. das feuer im kamin brennt, das feuer wirft mir einen schatten entgegen, ein kleiner hund, der mit einem ball spielt. die tür zum flur ist angelehnt, ich höre, wie kirow in der küche hantiert. die katze mamsell kommt hereingeschlichen und springt mir auf den schoß, rollt sich zusammen und schnurrt. da ist das holz, und da sind die stellen, aus denen die flammen schlagen. da ist der tag, dort draußen steigt er über den zaun. ich spüre die zufriedenheit der katze, ihr leichtes atmen. es gelingt mir, mich ihr anzupassen. ich spüre erleichterung, spüre, dass ich den minotaurus abgehängt habe. mein gesicht beginnt zu kribbeln, die augen werden wieder schwer, wenn ich sie schließe rauscht das blut, wie ein wind steigt es mir zu kopf, ich bin in einem raum, ich bin ein raum, mein herz müsste stocken, meine finger sich legen.

mich der grenze nähern, mich auf der grenze bewegen, den grenzpfad entlanggehen, die alten grenzsteine betrachtend. jenseits der grenze beginnt das verstummen. ich überschreite die grenze. je tiefer ich in die unbekannte region eindringe, vertieft sich das schweigen. bald wird es mir keine fremde mehr sein.

solange du noch selbstständig denken und handeln kannst, ist dies die letzte, mög- licherweise einzig verbliebene form der verweigerung gegenüber der totalitären gesell-

schaft, die deine präsenz verlangt, deine einge-
bundenheit erwartet.

in ihrer funktionalität schließt ein schlüssel
mehr als er öffnet, öffnet eine klinke mehr als sie
schließt.

kirow hat mir ein frühstück bereitet. behutsam
stellt er das tablett auf dem kleinen tischchen
neben dem sessel ab, ohne die dort aufgehäuften
bücherstapel zu beeinträchtigen.
ich geh dann mal, sagt er mit einem zwischen
beruhigung und bedauern schwankenden unter-
ton. die katze mamsell hat im nu die augen
geöffnet, springt von meinem schoß und schließt
sich ihm an.
das frühstück besteht aus einem becher kaffee,
zwei aufgebackenen brötchen, butter, käse und
marmelade.
ich frühstücke, dann stehe ich auf und gehe vor
die tür, eine rauchen, lausche auf den regen, der
wieder eingesetzt hat, ein reifengeräusch von
der straße her, die wolken sind dicht und
regsam. ich geh wieder rein, lege holz nach, setze
mich in den sessel, breite auch die decke wieder
über mir aus. ich schließe die augen und warte ...

ist warten grundsätzlich auf ein ziel gerichtet,
wie manche behaupten, mithin: ein teleo-
logisches geschehen, oder kann es auch ein
warten geben, das sich selbst genügsam ist?

ich warte, ohne auf etwas zu warten. und es komme mir niemand mit dem tod. und - bitte - erst recht nicht mit dem sinn des lebens.

erschöpfungszustände vom holzhacken. ich rings mir ab, wohlwissend, dass kirow den größeren rest erledigen wird. ein erbärmliches stückchen stolz, ich gönn es mir großmütig.

habe mir eine blase an der linken hand geholt. mein unverständnis für unzulänglichkeiten, in diesem falle körperliche. immer denk ich, dass der mensch alles können kann. ich bin doch keine schwimmhalle. der unsinnige vergleich bereitet mir eine unbändige freude. hat alles andere ins nebensächliche gerückt. ich bepuste die blase und lasse wasser darüber laufen. gleich werde ich mir ein kaltes bier nehmen, mich in den sessel lehnen und an alaska denken, das hilft.

jack londons wolfsblut, eines der bücher, die mich in der jugend verlockten, es hätte mich fernhalten sollen.

die fantasie backt sich leben, vom sandkasten an, klumpen für klumpen, bis du einen golem zum begleiter hast.

ein monster aber ist er nicht, keinesfalls. eher eine mamsell, eine wie unsere, die schläft auf dem sofa, eingerollt und eingekuschelt. wenn sie erwacht, geht sie auf kreuzfahrten amouröser abenteuer, auf entdeckungsreisen unter spitz funkelnder mondsichel.

benno arbeitet seine aufträge fürs kommende jahr ab.

meistens hämmert er nicht am stein, das heißt - hämmern tut er schon, aber wohl mehr, um nicht aus der übung zu kommen. dass er auf meinen nerven hämmert, das war eine effekt-affekt-aussage von mir gewesen, wenn man so will.

wir verstehen uns nämlich ganz gut, ergänzen uns, kabbelnderweise.

auch in holz macht er. aber auch das - s.o.

sein geld verdient er mit denkmälern. also: gießerei.

er hat übrigens die gleiche, die barlach hatte, in berlin.

den winter über ist er mit den gussformen beschäftigt. im winter werden selten denkmäler eingeweiht. erst im frühjahr geht das wieder richtig los.

man sollte nicht glauben, was da so alles gefragt ist.

natürlich - eines ist klar: reiterstandbilder mit fetten pferdeärschen unter geschwungenen schweifen sind passé.

aber: jede noch so kleine grünfläche einer seniorenresidenz verlangt nach einem jugendlichen panther.

das aber ist der kleckerkram.

die raffinierteren dinger sind bennos sache. wenn das kurbad an der ostsee seine eigene kleine historie dargestellt sehen möchte. das anlandende wikingerschiff an der strand-promenade, wassermänner und wasserfrauen, den butt, die sieben schwäne.

natürlich ist bei solchen ausschreibungen die
konkurrenz groß, benno kommt nicht immer
zum zuge, aber er kommt über die runden.

man sollte eine kulturgeschichte der denkmäler
im wiedervereinigten deutschland schreiben.
das wäre eine gleichermaßen interessante wie
verdienstvolle aufgabe.
ich halte mich da raus, verdöse den nachmittag,
wie ich es gerne tue, wie ich es unweigerlich tue.
das hat wohl etwas mit dem blutdruck zu tun.
der ist zu hoch, ich nehme aber keine
medikamente, weil er schon immer zu hoch war.
und - ganz grundsätzlich: warum nicht dösen.
mir bleibt die nacht.
kirow ist noch immer unterwegs. der wanderer,
der märkische bote.
ich reise in meinen erinnerungen.

ich träume

worte

worte

alles worte.
unerträglich. und für gewöhnlich.
de facto und de sentimento.
vollkommenes glück.
eine maxime.
ein dennoch. und dauerhaft.
die freude an den kleinen dingen.

ein scherz.
und ein fieberzug.
ein fieber im anzug.
ein fieberanfall.
fiebrig. denke ich.
das hält noch an.
dann. ein stich ins herz.
ich überarbeite das herz.
lieber die reizbarkeit ertragen.
nervöse reizbarkeit.
und ein gewisses lachen dabei.
warum nicht?
abschweifungen sinnlicher art.
und abwarten. vergnügt.
was da kommen mag.
mit zärtlichkeit und leidenschaft.
denken.

es schmeckt mir nicht nach wasser, doch das ist
es.
pharmakon und pharmakos.
wunder und opfer in einem schluck.
venenum - das gift - den mund zu öffnen, und
jene schatulle, die krüge von wein magischen
inhalts.

wenn du es in farben suchst, oder in stimmen, die
du zu hören glaubst, dann bereits
gehst du in die irre, du befindest dich auf dem
holzweg.

doch, wer sind wir dann?

oder endet es in allgemeiner beschimpfung?

zur erwägung -
zwiefacher schmerz ist leichter zu tragen
als ein schmerz: willst du darauf es wagen?
- nietzsche -

16.26 uhr: augenöffnen. bekanntschaft mit schwindendem licht. die schornsteine rauchen, der himmel dampft. schwarzes gezweig der bäume.
sedimentieren, was hereinkommt.

16.40 uhr: kenterndes licht.

16.46 uhr: eine zigarette, der himmel verschiebt sich, die wolken, oben nach links, unten nach rechts, keine reibung, harmonisch, unheimlich.

16.55 uhr: fast gänzliche dunkelheit. das gezweig nurmehr ein schatten hinter meinen pupillen, eine ahnung, dass ich den kopf mir nicht stoße. licht und kerzen und den kamin anfachen. aus der hüfte heraus.

17.03 uhr: ich glaube schon, dass ich ein fossil bin. ich begebe mich in frieden, steige durch den maulwurfshügel ins innere.

17.08 uhr: was habe ich erwartet?

17.14 uhr: noch bevor ich in eitelkeit versinke, der gedanke an mikroben. ich möchte etwas sehen. der gang zum bücherregal.

17.22 uhr: stutzen, stehenbleiben, zugreifen, zum sessel zurückkehren, ganz wie zufällig eine tarotkarte ziehen. 8 stäbe, die sich über eine flusslandschaft strecken. wie pfeile, lanzen, bedrohlich. im hintergrund eine burg auf sanftem hügel. abgebrannt, vermutlich. es ist immer das gleiche. die können einen nicht in ruhe lassen.

17.39 uhr: beginn der lasagnezubereitung: hack braten. wein von la mancha.

17.49 uhr: béchamelsauce.

17.54 uhr: mozzarella drüber, ab in den ofen. wein trinken. das lied von madrid summen, mamita mia, der wunderbaren. wo kirow nur bleibt?

17.57 uhr: ich gehe über den flur, dann durch die wand. eine halbe stunde warten.

19.32 uhr: böse zerissenheiten, materialisierung.

20.12 uhr: eine zigarette, himmel glatt-gestrichen, sterne blass bis mäßig erleuchtet.

20.15 uhr: tatort (ausnahmsweise)

23.21 uhr: eine zigarette, sternschnuppen, und ein seltsamer lichtstreif, der über den himmel zuckte.

23.27 uhr: anruf einer jutta vom campingplatz am carwitzer see, es sei nämlich so ..., ich soll mir keine sorgen machen, hör ich kirow im hintergrund rufen, jenau ... setzt jutta noch hinzu, da ist das gespräch unterbrochen. weiterhin im hintergrund war bo diddley zu hören gewesen, who do you love ..., nein, ich mach mir keine sorgen ...

23.37 uhr: ich könnte mich auch mal wieder ins getümmel werfen.

23.38 uhr: ganz bestimmt nicht.

23.59 uhr: die schizophrene sonne. francis bacon und van gogh.

01.17 uhr: festgelesen. nein: falscher ausdruck: in anspruch genommen. etwas hingekritzelt: ein versprechen: einen schluck wein zu trinken um des trinkens willen (keine weisheit zu entnehmen, umarmungen).

02.45 uhr: früher haben manche die karo-zigaretten lungentorpedo genannt. so stark fand ich sie nie. ich rauche jetzt gauloises, die blauen, ohne zusätze, liberté, ganz entschieden, inspire par jacno, so steht es auf der packung, eine geheimbotschaft, nicht für mich freilich, liberté toujours.

03.24 uhr: ja gut, ich glaube, dass das jetzt zu weit geht.

04.03 uhr: ich weiß schon, was ein punkt bedeutet.
ich habe einen punkt gemalt, dann wurde er immer größer und dicker.
er klebte auf der seite wie ein auge, ein loch, da war eine kugel eingedrungen, hindurchgegangen, ein tödliches projektil.

november / 1

nebelung.
windmond.
schlachtermond (schweine, gänse)
novem = der neunte
griechisch: ennea
lässt mich ans enneagramm denken
weiterhin
den vierten weg : das gesetz der sieben : die
triaden

4+7=11
3+7=10 dazwischen
(d.h. zwischen 9 & 11)

ich bin (glaube ich) ein 4er typ. könnte auch ein
7er typ sein.
kann man auch mischen?
sie behaupten ja: nein
(glaub ich aber nicht).
also: ich tu's einfach mal.
dann wäre doch, dann ergäbe sich ... genau ...

7+4
macht wieder 11

poltergeister
die in schränken kammern pochen die auf stühle
tische klopfen

mit kirow zusammen bei elfriede kohlen geschaufelt. gute alte nachbarschaftshilfe. aus dem kellerfenster der blick auf die dichte hecke, eine immergrüne mit dämmerdunklen blättern, ich kenne den namen der pflanze nicht, weiß nicht, woher sie ursprünglich stammt, aber hier gehört sie nicht hin, hier frisst sie das licht, sie saugt es auf, lässt nichts durchkommen.

die konformität in diesem land ist unerträglich. nichts regt sich. eine mit raffgier gepaarte resignation quer durch alle klassen. als ob die untätige, die kanzlerin der untaten, alle gelähmt hätte.
ab morgen dann weltuntergang. na: schön wärs. ich würde ihn gerne erleben.
den wunsch kann ich mir abschminken. es ist kein anderer zustand als zu allen zeiten. der mensch denkt sich ins leere, reicht nicht mal für den tellerrand.
also fressen, so lange es geht. bratkartoffeln mit sülze.

keine aufgeregtheiten im kirschbaum.
dort sitzen drei dompfaffenmännchen (vulgo: gimpel). junggesellendasein in bunter tracht
(die weibchen sind nach malle geflogen, girls night out).

novemberfarben: ockrigrotbunt

in matsch getaucht ergibt das eine eklig braune
pampe. die klebt an den schuhen, grabsteinen,
abflussrohren
(auch in der dachrinne)
(die hab ich noch immer nicht freigeschaufelt)
(lohnt sich nicht)
(tropft also weiterhin ohne erbarmen).
in der delle zwischen scheibenwischern und
motorhaube tobt das leben, aquatisches leben.

die sülze war eine wucht (die bratkartoffeln
natürlich auch).
zur nachspülung reicht elfriede berliner luft mit
schoko
(das ist zum schütteln ekelhaft)
(die flasche für € 13,17 im konsum)
(ja, den gibt es noch).

der november macht sich
gesund
lustig
versponnen

wird fortgesetzt (versprochen).
elfriede ist zusammengesunken auf der couch.
schnarcht.
kirow und ich besorgen den abwasch.
ehrensache.

boah, war das scheußlich. die berliner luft.

november / 2

schon früh: drachen steigen lassen.

es gibt kein konzept, das besser wäre als die
morgenröte.
doch entweder gibt es gar keine
(aus ungeklärter ursache)
oder sie ist vernebelt
(wie heute).

meistens schlafe ich sowieso um die zeit
(heute nicht).
kirow steht vor meinem bett und tunkt mir die
schwanzschleifen des drachens in die nase
(scheißkrepp).
ich niese.
kirow! du schuft!
kirow will. kindergesicht, strahlend. wie sollte
ich da nein sagen können.
morgenzigarette.
dann frühstück.
dann zweite zigarette, mit kirow zusammen.
da ist der nebel weg und der himmel wirkt so
eisig blau wie er ist
(schätze ich mal)
(mag gar nicht wissen, wieviele minusgrade da
oben herrschen).

wir zockeln los. kirow den selbstgebastelten
unterm arm, vorfreudig.

der alte gnäsebek hat sich eine leiter unter das
straßenschild gestellt, das vor seinem haus steht.
andächtig poliert er es: barnum 1-13.
ja, wenn einem sonst nichts mehr zu tun bleibt.
kirow tippt sich grüßend an die alte, ehemals
grüne, längst ins grau verblichene mütze, die er
seit lpg-zeiten trägt. so eine richtig olle bauern-
kappe.
ich bin der kapuzenmensch. früher hatte ich's
mal kurzzeitig mit baskenmützen, intellek-
tuellenallüren, war in der berliner zeit gewesen,
hatte ich mir bald vom hof gejagt, kapuzen sind
einfach praktischer, bin ich zu ihnen zurückgekehrt auf dauer.

wir zockelten also, mehr aber stapften wir durch
den matsch, aufgeweichten boden zur kuhweide
hinüber, da war raum zur entfaltung, lufthoheit
zu gewinnen.

bunter drache flieg, flieg bunter drache

kirow hatte seine angelspule befestigt, das war
schlau gedacht.
kirow warf, ich spulte ab, der drache stieg, stieg,
stieg ...

doch der wind, der launische, kapriziöse,
gehorchte seinen allüren allein.
der wind, der den drachen gehoben, hatte fliegen
lassen zu unserem vergnügen, unsern augen-
schmaus, der wind brach sich ein bein, der

drache fiel, stürzte tief, bohrte sich in den
schlammigen grund, zerbrach.

(ich höre das knirschen noch der stäbe)

wir standen wie versteinerungen der versehrten
hoffnung. unsere gesichter schlohweiß, falb,
eitergelb der himmel.

wir gingen
wir standen
wir sahen
berührten
unbeholfen

da war kein grund in der tiefe

wir reparieren ihn, versuchte ich zu trösten.
nein. kirow hielt den kopf gesenkt. der drache ist
tot.

ich hab ihn dann heimwärts getragen, kirow
neben mir, noch immer gesenkten hauptes, wir
beide rauchend, ohne worte, mit klammen
fingern, kalten händen. schlamm, pfützen, die zu
umgehen, die unumgänglich waren, suhlen, wie
die schweine sie hinterließen, ungläubig des
denkens, matt.

nach unserer heimkehr: kafka, tagebucheintrag,
6. november 1917: glattes unvermögen

(so lag es aufgeschlagen auf meinem
bücherstapel).
zufall? wohl kaum.
das war nun vor genau einhundert jahren geschrieben.
wir hatten versagt. ich setzte mich, nieder-
geschlagen.

gedankensuppe:
und eines tages frage ich nicht mehr, wenn die
beine einknicken und der atem unruhiger geht,
keine fettpolster mehr, nur schlappe hautlappen,
gummistrümpfe, das heiße eisen im feuer glüht,
mach schon, irgendetwas im herzkranzgefäß.

kirow hantiert in der küche, klappernd traurig.
mir kommt eine idee.
ich geh zu kirow hinüber, setze mich auf einen
stuhl.
kirow, sage ich, ich habe eine idee: wir werden
gans essen. und wir werden alle einladen: benno,
elfriede, auch deine jutta vom campingplatz, was
macht die da eigentlich um diese jahreszeit?
sie wohnt da.
dann erst recht.
nun drehte sich kirow zu mir um, und ein lächeln
huschte über sein gesicht.
und den drachen, sagte ich, den werden wir auch
reparieren, keine widerrede, wir sind noch lange
nicht am ende.
gut, sagte kirow, es ist gut.

na also, sagte ich, dann lass uns aufbrechen, wir werden die gans besorgen und die einladungen überbringen, zum martinsessen.

nur klaus, den klaustrophoben würden wir nicht überreden können. der verließ niemals sein haus. selbst seine einkäufe ließ er sich bringen, die erledigte er dort, wo er inzwischen lebte: im netz.
es war aber eine gelegenheit ihn mal wieder besuchen zu gehen.

klaus, der klaustrophobe

malchow 12b wohnt er, k 81 bonsai, so steht es an der tür.

k für klaus, bürgerlicher name, seines zeichens hells (8) angel (1), nickname bonsai.

so. also. ja. einer von denen. ein ehemaliger, könnte man sagen, obwohl es das eigentlich nicht gibt, denn die bruderschaft hält zusammen, macht dicht, vergisst nie, verliert keinen. aus den augen. aus dem sinn. nicht. niemals.

ich weiß nicht, was er sich alles an drogen reingeknallt hat, daher vermute ich, dass es alles war. und irgendein cocktail hat ihn schließlich umgehauen. für das chapter war er untragbar geworden.

so hatte man ihn hierher abgeschoben. vor etwa zwanzig jahren muss das gewesen sein.

seither versorgte man ihn mit allem nötigen. inklusive drogen, obwohl klaus beteuerte, dass er nur noch gras rauchte. das stimmte wohl auch. das, was er sonst noch brauchte, war vermutlich in seinem körper gespeichert, in seinem kopf ganz sicher.

das innere seines häuschens (auch nicht viel mehr als eine datsche mit zwei zimmern, bad und küche) war mir ein ekel. darum vermied ich es zu ihm herauszukommen. kirow war da weit weniger empfindlich.

klaus war ein riesenbaby. ein klobiger kerl. ein klotz. er hatte nicht nur eine mächtige stimme sondern auch ein sehr vereinnahmendes wesen. trotz meiner spärlichen besuche (oder vielleicht gerade darum) schien er einen narren an mir gefressen zu haben. sah er mich in der tür stehen, haute er mir schon seine pranken auf die schulter und rief: du hier und nicht in hollywood! durften ja ruhig alle wissen.

seine behausung, seine höhle, sein loch (ich finde momentan keine bezeichnung, die schrecklich genug sein könnte) war vollgestopft mit schmutziger wäsche, computern, bildschirmen, verkabelungen, computerbauteilen, undefinierbaren gerätschaften und vor allem müll, müll und essensresten in allen stadien des verfalls. kaum hatte man sein zimmer betreten, stiegen myriaden von obstfliegen unter die decke auf. es war mir ein jahrhundertekel.

klaus war ein spieler, er war teil der internationalen community, kannte leute überall auf der welt. mit denen er nicht nur spielte, auch kommunizierte, mit dem banker aus frankfurt ebenso wie mit dem drogenkurier aus kolumbien. er war in allen sozialen netzwerken vertreten, trieb sich auf philosophie- und esoterikseiten herum.

und nun ...
schreibe ich
bin unter die schreiber gegangen

dröhnte sein lachen
(himmel, tod und teufel, waren wir denn alle
durchgedreht in diesem gulag hier!)
ich habe schließlich was erlebt
(woran kein zweifel bestehen konnte)
also ...
ich druck dir mal eben was aus

resigniert räumte ich ein mit schmierigen tassen
und gläsern beladenes tablett beiseite, in der
vagen hoffnung darunter ein einigermaßen
sauberes fleckchen auf der bettkante zu finden.

klaus reichte mir zwei seiten din a4.

überschrieben war es mit:

wir im aw

kweich

er war einsam. er war allein. da war niemand, der
ihn liebte. es gab auch niemanden, der ihn jemals
geliebt hatte. außer seiner mutter vielleicht,
einstmals. der vater war früh verstorben. zu früh,
um ihn in sein herz hätte schließen können. dann
war auch die mutter dahingegangen. ein onkel
hatte ihm ein stattliches vermögen hinterlassen.
nicht aus liebe. er war der einzige verwandte
gewesen. er, der niemanden zu lieben gelernt
hatte außer sich selbst. und er liebte sich über
die maßen.

das ererbte geld ermöglichte es ihm anderen menschen so weit als möglich zu entgehen. ihn zog es in die berge. je höher hinauf, desto besser. davos schien ihm der geeignete platz.

er logierte sich im sanatorium berghof ein. ein haus, dem der reiz des vergangenen anhaftete. ein haus, das aus bestimmten gründen einen gewissen namen hatte. das hatte es ihm angetan. die zimmer waren einfach, aber sauber. das essen reichlich und gut, die behandlung zuvorkommend und von zurückhaltung geprägt. das gefiel ihm. er begann sich einzurichten.

lysiane

lysiane liebte ernst meister und sarah kirsch, h.d. thoreau und emily dickinson. sie liebte die stille, sie liebte das landleben. sie war vom land. sie war vom land in die stadt gezogen.

sie war disponentin bei einer großen spedition im hamburger hafen. wer jetzt ´ausgerechnet´ denkt, täuscht sich. sie liebte ihre arbeit und sie liebte die harten jungs, ob sie nun von der straße oder von der seeseite kamen. und die harten jungs liebten sie, mehr noch – sie waren wie wachs in ihren händen, sie vergötterten sie.

sie war gut in ihrem job. und doch liebte sie die stadt nicht.

so hatte sie sich weit draußen eine bleibe gesucht und in ehestorf gefunden, in den schwarzen bergen, von wald umgeben. eine einliegerwohnung im haus einer alten dame.

dort war ruhe. den ausgleich brauchte sie. dort schrieb sie ihre gedichte. das waren zarte versgebilde, die wie tuschetupfer hingehaucht, wie daunenfedern in die luft gepustet schienen, so weich, so leicht.

der matador

als slammer ist das leben bunt. aber es geht immer auf den effekt. zum schluss geht es immer auf den effekt. und es läuft immer nach der gleichen masche. das ist okay soweit. aber es gibt mehr und er will mehr. er weiß, dass er schreiben kann auch ohne dass der big bang am schluss steht. das muss auch ohne gehen. und er weiß, dass ers draufhat.

musste er sich halt was anderes suchen. autorenseiten im web. klarer fall.

er stieg bei einer ein, wo der name gepasst hatte. aber das haute nicht hin. er kam sich vor wie im falschen film. das war wie slam hier. nur verstaubter. wer einen faden witz losließ, bekam auf die schulter geklopft. luschen. da war er gleich wieder weg.

die nächste, da waren gute leute und alles best, dachte er erst. aber dann kams dicke und derbe.

er hatte eine geschichte eingestellt, die begann mit dem satz: ´abends, als die fähre am kai von schiermonnikoog festmachte ...´ da hatte er in

null komma nix 18(!) kommentare im schlepp, die sich nur darüber ausließen, dass man so auf gar keinen fall eine geschichte beginnen dürfe. von allem anderen mal ganz zu schweigen. die waren doch krank. die hatten deutlich einen an der waffel. wenn er angefangen hätte mit, sagen wir mal: ´abends, als er auf der bettkante saß, auf die zwölf-uhr-nachrichten wartete und eine zigarette rauchte ...´, da hätten die ihn doch komplett zur schnecke gemacht.
krank. absolut krank. deutsch und krank und wie im verhör, so horch- und greifmäßig.
also auch da wieder weg. aber im galopp.

brunnmeier

eines findet zum anderen. die schreibmaschine findet zum menschen und der mensch findet sich zur schreibmaschine. und geht darüber hinaus.
das fluidum einer schreibmaschine.
eine schreibmaschine, die gedanken ausspuckt, eine ganze weltanschauung. infiltration. eine dämonisierung findet statt. die verschwörung des internationalen judentums erlebt ihre auferstehung. der arische herrenmensch tritt ihr entgegen. die blonde bestie. der hohe armanen orden. die theozoologie oder die kunde von den sodoms-äfflingen und dem götter-elektron. die zionistischen protokolle. die thule-gesellschaft. dya-na-sore.

es war da. es lag vor ihm wie ein aufgeschlagenes buch.

dya-na-sore. ein wort, ein name, ein begriff. was war das? was hatte das zu bedeuten? wo kam das alles her?

klaus war ein nazi, einer von der mystischen sorte, von der ich (bevor ich ihn kennenlernte) dachte, dass sie längst ausgestorben sei.

dieses ganze konvolut erfüllte mich mit äußerstem körperlichen unbehagen (vom geistigen, sofern in diesem zusammenhang überhaupt davon zu reden sein konnte, ganz zu schweigen), weswegen ich mich nie damit beschäftigt hatte.

was klaus hier geschrieben hatte, interessierte mich nun aber doch.

aw? fragte ich.

autorenweb, die seite, wo ich schreibe.

und diese schreibmaschine ist natürlich ...

die schreibmaschine des führers

(ich hatte an himmler gedacht).

ich bin gespannt, wie es weitergeht, sagte ich, und das war ich tatsächlich. die figuren, die er da geschaffen hatte, versprachen einiges.

halt mich auf dem laufenden, sagte ich.

zum abschied kam er mit dem, womit er immer kam.

81, sagte er, wenn du es umdrehst ...

ja, ja, es ist mir schon klar ... eins, acht

adolf (1) hitler (8)

er klopfte sich an die brust
dann haute er mir wieder auf die schulter:
du weißt doch bescheid ...

ja, doch, ich weiß bescheid

ich kenne die schwarze magie
ich kenne die weiße magie
die rote magie
allen wahnsinn in jeglicher gestalt

ich bin so einer

der froh war hier wieder rauszukommen.

unser haus ist ein winterhaus. es ist darauf gebaut, gut beheizt zu werden und warm zu halten.

unser haus ist auch ein sommerhaus. doch der sommer ist vergangen und verblasst. da war kaum noch ein erinnern. ich hätte eher, schon viel eher anfangen sollen zu schreiben. es ist eine schande, wie man seine zeit vertut ...

den großen becher kaffee in beide hände genommen
das wärmende gefühl zu genießen
dabei die gelben blätter der birke betrachtend
deren lichter werdende zweige im wind bewegt
wie ich meine gedanken abwäge
ob ich nicht noch einmal den sommer -
diesen letzten sommer, wenigstens ...
ja, was?
ein richtiger sommer ist es doch nicht gewesen
und nun ist es zu spät
nun werden die langen winterabende eingeflogen kommen
erstarren wald und wiesen, schnee ...
wie gut, dass wir kerzen vorrätig haben

unsere gäste zu begrüßen

elfriede war als erste gekommen, dann jutta vom campingplatz, mit ausgebeizten roten haaren und umschatteten augen.

sie setzte sich bei kirow auf den schoß. der sie lächelnd zauste.

immerhin hatte sie einen job gefunden, im supermarkt an der kasse.

benno kam spät, da hatten wir die gans längst im ofen, im schlepptau eine spaßige ziege, trophäe seines letzten berlinbesuches -

nein, nein - das mit der ziege war gar nicht böse gemeint - eine interessante frau war das, mit wildwuschigen grauen haaren, schwarz übergossen, darunter ein schönes verlebtes gesicht (wie ich es mag), blaß, dazu ein grellroter mund, schwarzes kleid, ausschnitt gewagt, darauf (darüber) eine kette schwarzer und roter holzovale, gewichtig, ringe an allen fingern.

monika heißt sie, mediatorin ist sie, also ein psychoengel. da hat sie hier erschöpfend material. sie weiß es nur noch nicht, wird es aber zu schätzen lernen (hoffe ich).

gemütlichkeit. ich versorgte den kamin, kirow und jutta sorgten in der küche für die gans, die knödel und den rotkohl. knutschereien inbegriffen (wie ich vermutete und es ihnen wohlig wünschte).

der wein machte die runde und, zur feier des tages: calvados.

elfriede erzählte von wilden tanzabenden in der su, als sie ihre partnerkolchose an der wolga besuchten, natürlich nur die ´verdienten´, kirow hatte daheim bleiben müssen (ich erinnerte mich wohl).

dennoch ...
aber ja ... und hoch die tassen ...
wollen wir?
na, sicher doch ...
ich nehme die gitarre von der wand ...
am grunde der moldau ...
das lied vom kleinen trompeter ...
menschlich fühl ich mich verbunden mit den
armen stasi-hunden ...
mein großer bruder franz villon ...

ob denn hier alle nazis wären, möchte monika
wissen.
ich verzeih ihrs aber, von wegen der offenheit.
nein, antworte ich, sie hätten nur was gegen den
kapitalismus.
benno lacht schallend.
ein hoch auf monsanto und die bayer ag!

jutta und kirow lehnen in der tür, selig lächelnd,
eng umschlungen.
die gans ist bereit.

die gans ist gelungen.
wir sitzen in der küche und schlemmen.
zum nachtisch habe ich apple crumble mit
vanillesauce vorbereitet.
es mundet.
wir sitzen und plauschen.
und -
weil das leben jetzt stattfindet: tanzten wir.
wieder drüben, beim kamin, bis zum umfallen.

benno erzählt / *ganz unten*

am anderen morgen (nein: mittags) beim
frühstück.
benno (sinnierend): dieses scheißverfickte
berlin.
monika saugte sich an seinen lippen fest.
als sie wieder von ihm abließ, erzählte er:

sie haben ihn zusammengetreten
die dreckigen sohlen in die eier, dann, als er lag,
ins gesicht, in den magen
bis er sich nicht mehr rühren konnte
nichtmal die fäuste haben sie gebraucht
er wird noch gelebt haben, eine stunde vielleicht
als ein haufen dreck hat er da gelegen
es wird ihm so gepasst haben
dass er nicht einmal mehr wimmern konnte
er hat es vorher gewusst

er hat es mir gesagt
hat mir sein ende beschrieben
genau so

ich habe ihn mal einen stadtindianer genannt
das fand er nicht gut
ich bin ein beni arab, hat er gesagt

mit indianern kenne ich mich besser aus
aber, meinetwegen - dann war er beides
er war noch mehr
ein penner, ein berber, ein kanake

ein philosoph
ein mensch

die ganze scheiße

wenn du unten bist, ganz unten

die jungs, die mich schlachten werden, wissen
das
die haben angst
nichts fürchten sie so sehr wie mich
weil ich noch tiefer bin als sie
ganz tief unten

wollen mich tilgen
aus den augen
aus dem gedächtnis kriegen sie mich nicht

angst
die drückt dich runter
ganz tief
kommst nicht mehr hoch

der ganze mist mit den fliegen, weißt du
wenn sie dir in den augen sitzen
und du kriegst sie nicht mehr zu

allah!
er konnte so schön alllah! sagen
mit allem was der arabische zungenschlag
hergab

ich konnte ihn direkt vor mir sehen, diesen allah
so wie ich oft genug den protestantischen gott
gesehen habe
seltener den katholischen
und nur einmal den israelischen, am toten meer
das war eine traurige erscheinung
schäbig und salzverkrustet

dieser gott ist ein halunke

und wenn wir diesen gott endlich abschaffen,
wenn wir ihn loswerden könnten
wir würden menschen sein, wir alle, einfach nur
menschen

er steckt uns noch zu sehr in den schuhen
wie wüstensand

folklore
weißt du, bruder ...
gottes barmherzigkeit ist groß
ein zimmer für 400 euro
ist nur so, dass in dem zimmer 4 doppelstock-
betten stehen
macht 8 x 400 euro
gottes barmherzigkeit ist groß
bruder ...

das jobcenter zahlt jeden preis
geht trotzdem an der steuer vorbei

so ist das ...

den schleier tragen
das ist keine folklore
angst
wenn du im ghetto wohnst
und sie mit fingern auf dich zeigen
deine frau ... du verstehst schon ...
wir meinen es nur gut mit dir ... bruder ...

was das ist ...
so ein bruder

ist wie ein abgeschnittener finger
der zappelt noch
bis sie ihn in den sandkasten stecken

da ...
siehst du

es gibt sehr viel idylle dort
und ein unmaß verstörendes
dort: am fluss
dort: auf der insel
die sein zuhause ist

die einsamkeit ist ein kleiner stricher auf dem
heimweg
die gemeinheit ist die maske der mächtigen

die gewalt kommt unmaskiert

siehst du, erwischt, sagte er
du denkst nach

für die geschlossene, sagte er
saßen mir die ohren zu gerade

bin immer entkommen mit nichts
als meiner dreckigen talgelben haut
von unzähligen zigarettenkippen
gezeichneten wundmale
wie die saugbisse von krakenarmen

fette
verfressene
kraken

wirst wohl recht haben, sagte ich
und packte ihm einen euro in den becher

innehalten

wenn die tage doch immer so vergehen könnten, beinahe lautlos.

weder der regen stört, noch ein entferntes martinshorn.

das martinshorn erinnerte an leben und tod wie eine spur in meinem gedächtnis.

als die wolken sich ausgeregnet hatten, zogen sie davon ohne viel gewese zu machen, wurden beinahe wesenlos, als ob sie sich vergessen hätten.

ich weiß schon, dass solche tage selten sind, und freue mich gleich doppelt darüber.

ein weiterer atemzug reicht aus mich schläfrig werden zu lassen.

doch ich werde wach bleiben und wörter sammeln, vielleicht auch nur deren melodien.

leiser als der frost des kommenden winters.

warten.

auf bahnhöfen, einst.

warten, dass der orientexpress eingerollt kommt, die lokomotive starken dampf ausstößt, eine majestät unter den dampfrössern.

die fahnen der monarchie hängen schlapp, jedoch spitzzüngig wie bajonette. ein k. und k. offizier verabschiedet sich von seiner geliebten.

der bahnhof von budapest, eine operetten-kulisse.

der abschiedsschmerz wirft seine schatten vor-aus.

geliebter! liebste! flüstern.

wie sich wasser in den augen staut. schöne braune augen, lockend, ein waldesdunkel.

im speisewagen, später, wird er sich betrinken.

er ist in ungnaden gefallen, höre ich sagen, abgeschoben, auf dem weg zu einem neuen posten, in einem nest mit unaussprechlichem namen in den karpaten.

die gräfin soll bereits ersatz gefunden haben, höre ich.

eine gräfin also ...

nein, die tränen waren echt. es steckt eine echte geschichte dahinter. was liebe heißt. was nicht bedeutet, dass es gut ausgehen wird. eher nicht.

er wird sich erschießen, sie wird sich doch mit einem anderen trösten müssen.

der tokaj ist mir zu süß. die puszta ist auch nicht mehr als eine wüste.

wenn es eis wird

die kantine der freiheit. das haus der tausend lichter.

das sei mein leben, habe ich gedacht, bis zu diesem tag, bis heute, da der boden eisig bedeckt blieb.

dass noch ein vogel auf dem ast säße, dessen zehen festgefroren wären, der sich nicht mehr würde befreien können, der jämmerlich erfrieren musste, das war meine größte befürchtung.

ich konnte ihn nicht aufspüren, den vogel, da standen so viele bäume, dort draußen, ich zermarterte mein hirn, presste die augen zusammen, vergebens.

schließlich begann ich zu zittern, dann liefen mir die tränen über die wangen, es war zu spät.

keine regung in der luft, nur eisige kälte, schweigen. meine tränen eingefroren.

kein schritt, kein schuss, kein schrei.

lautlos kommt das gerippe, setzt sich nieder zu meinen füßen.

im haus die lichter beginnen zu flackern.

wenn eulen singen könnten ...

advent.
habe die letzten novembertage vertrödelt.
war unterwegs. habe sterne zerschlissen. ist schade drum gewesen.

jutta ist bei uns eingezogen. sie und kirow haben begonnen sich im oberen stockwerk einzurichten. die räume dort waren mit der zeit zu rumpelkammern verkommen. kirow und ich hatten jeder unten sein zimmer gehabt. das ändert sich nun und tut gut, wie jede veränderung gut tut.
eine frau im haus bringt licht. es hängen nun überall lichterketten in den fenstern. weiße und bunte. auch draußen in den bäumen geht es damit los.
es kehrt schönheit ein. jutta beginnt sich aufzurichten, den kopf zu heben, ihre augen erhellen sich. auch das ist gut.
ich sehe einem advent entgegen. heißt das nicht - erwachen ... nein: ankunft (adventus). na, meinetwegen. übrigens: als kafka den ersten weltkrieg erstmalig wahrzunehmen schien, lag georg trakl bereits im sterben.
der horizont ist von einem durchschimmernden hellen grau, darüber etwas dunkler, doch nicht allzu sehr: es wird schnee geben.

3. dezember: 2.44 uhr nachts: der erste schnee. ich stehe draußen und rauche. es hört sich an,

wie wenn ein stachelschwein seine stacheln
reibt.

ich, im schmerz, der ein begleiter in
beständigkeit ist, um mich besorgt, eine
warnung, nicht mehr, ein pochen an der tür, ich
werde nicht öffnen, sie öffnet sich mir, mir öffnen
sich die augen.
nein, es tut nicht weh, der schnee hat
nachgelassen, die nacht wird kalt, ich gefriere in
dir, ein lächeln, verzerrt in dankbarkeit, ich,
ergeben dir, die du mein einziges universum bist,
mein einer schmerz, du, geh nicht fort von mir,
was ich fühle, dich, einzigartig bist du in mir,
vollkommen.

ich werde bis ans ende der worte gehen.
viel zu bedenken gibt es da nicht.

den schlaf aufsuchen, mich in ihn hineinbegeben.
das verkümmernde glimmen im kamin, rote
finger, die, sich krümmend, absterben, zu
dunkler asche zerbröseln. die letzten vermissten
kommen eingeflogen. gedanken, die ich für das
kostbarste halte, das mir je in den sinn
gekommen. doch der schlaf ist ein allesfresser,
der schluckt runter. ich wehre mich nicht.

3. dezember: morgentrübe.
es ist sonntag, die kirchenglocken wecken mich
auf, eine unverschämtheit.

ich öffne die augen, also: eine ankunft. draußen ist es weiß geblieben: eine auskunft.

es lockt mich nichts aufzustehen. eine handvoll krähen streiten sich in den bäumen.

ich stelle fest: da steckt eine menge lebenswille dahinter. von kirow und jutta ist noch nichts zu hören. da werde ich mal aufstehen und mich und das haus in die gänge bringen.

hantierungen. eine helle flamme springt aus meiner hand: es brennt der kamin. ich reibe die rechte hand am linken unterarm, die linke hand am rechten unterarm. verschlingungen. wärme.

das ist der winter: ein fühlen, wie kalt es ist, das gefühl erfrieren zu können, und dann doch nicht. bist nochmal von der schippe gesprungen, sage ich mir, das haus gehorcht deinen verfügungen. doch - halt: dieses wort gefällt mir nicht, denn ist es nicht vielmehr so, dass wir uns dankbarer erweisen sollten dem, das wir als selbstverständlich erachten, wenn wir es überhaupt beachten. was wäre ich denn ohne dieses haus, das mich aufgehoben hält, es bräuchte mich nicht, mich, den kleinen krabbelnden käfer. ich würde erstarren, erfröre im schnee, nicht einmal die krähen würden sich darum kümmern.

was menschen doch für gedankengänger sind, zwanghaft.

dankbar empfängt mich der flur: kühle. dann ins bad, duschen, mich abtrocknen, frieren, wieder zurück, der kamin, beruhigende wärme, kribbeln auf der haut, sprünge im geviert der wahrnehmungen.

lichterketten. adventskranz. frühstückstisch. gespräche so weit wie ein ozean pläne schmiedet. ganze delphinschwärme davon. der strand von otaheiti ist nichts dagegen.

benno kommt eingeschwebt. wie eine gondel, die trauer trägt, also: schwarzverhangen. selbst im gesicht (hat wohl noch rumgehämmert oder sich mit ton verschmiert).
seine mediatorin hat sich wieder davongemacht nach berlin. dabei hatte er gehofft ... jaaa? - zum kuscheln und bettenwärmen in langen winternächten. na ja, benno, was soll ich denn sagen.
aber gut, dass er da ist, kann er gleich mit anpacken, zu viert werden wir das locker schaffen. der campingwagen steht noch immer draußen auf der straße.

wir schieben ihn hintendurch in den garten.
das wird einen prima sommerpavillon geben.

wir stehen eine weile schweigend und andächtig. sommerliche bilder tauchten vor meinen augen auf, licht durchflutete idyllen. zerschmolzen im schnee.
dann gingen wir wieder rein. es gab dresdner christstollen, lebkuchen und spekulatius.
der kaffee duftete, und die kerzen.

benno erzählt / ophelia in den städten

brach der zweig?
was war das für ein kraut, von dem sie sprach?
ich kannte manche, die zerbrach an den städten.
es war ein zu großes rauschen in ihnen. das
überhandnahm. sie fassten sich an die kehle. wie
wenn sie an atemnot litten.
manche lächelte dabei.
ich hätte so gerne einen pferdeschlitten gehabt.
und sie mit klingendem glockenspiel aus der
stadt gefahren.
stattdessen beobachtete ich sie. ich beobachtete
sie nur.
einmal stand ich mit einer auf der brücke. der
mond schwamm durch ihr haar. eine reflexion
des wassers warf einen strahl auf sie. blutrote
lippen. darin eine zigarette zitterte.
spring!
ich habe es nicht gesagt. ich beobachtete sie. die
zigarette entglitt ihren lippen. der fluss trug sie
davon.
was für ein kraut war es, von dem ophelia
sprach?
wenn sich ihre beine einem prinzen öffneten,
war das tugend noch oder bereits schönheit?
daran kann ein geist zerbrechen. in den städten
ist das rauschen groß. die versuchung ist größer
noch. hüte dich zu sehr zu lieben. aber wem sage
ich das. ich habe sie alle geliebt. nicht aus der
rolle fallen. du fällst tief. atemnot. schwarz-
lackierte fingernägel, die nach der kehle greifen.

blutige abdrücke hinterlassen. wie wenn eine schwarze mamba zugestoßen hätte. manche lächelten noch dabei.

ich beobachtete sie. von der brücke die treppe hinab. die schuhe ausgezogen und die füße im wasser gebadet. treulieb. ein haar wie sandelholz. augäpfel von ylang ylang. palmarosa der mund. zu süß! zu süß!

gib mir noch eine zigarette. und ich singe dir ein lied. von den städten. da ist ein fetzen grün hinterm zaun. schwäne, die vorüberziehen. weiß wie koks. tieftraurig.

einer trägt einen zweig im schnabel. den trägt er zu ihr hin.

ich kannte einen. der war des lehrers sohn.

ich kenne die geschichte. ophelia. wenn du liebst. in den städten. du wirst ihn nie mehr wiederfinden. er spielt jetzt in einer band, hast du denn nicht davon gehört. er ist für dich verloren. ophelia. wenn du liebst in den städten.

nein. du wirst mich nicht berühren.

ich beobachte sie. sie hält den zweig.

was war das für ein kraut, von dem ophelia sprach?

nein. ich werde sie nicht lieben. ich werde keine geduld üben. auf einer schwarzen treppe. mairosen sprießen. vergissmeinnicht zum andenken. rosmarin für die treue.

und das vergessen? wer singt dem vergessen ein lied? lethe, die den mohn dir reicht. den schlaf, der eine mohnkapsel in sich birgt. und ich werde dir keine traurigen lieder singen. wir werden

noch eine zigarette rauchen. dann gehen wir zu mir nach hause. das liegt im dreißigsten stock. dort wirst du die schatten nicht mehr sehen. keine nachtigall singt. den zweig nimm mit. es wird keine obduktion vorzunehmen sein. noch nicht.
dass tugend und schönheit vereint sein mögen.

was soll ich sagen, benno? soll ich etwas sagen?
oder fragen stellen?
wohin die liebe uns bewegt?
benno ... ich schweige.

jutta und kirow waren von anfang an klüger gewesen.

grodek

ein neuer tag.
ich beginne mit der leere. frage mich, ob sie eine
hülle hat. irgendwo muss sie doch hineinpassen.
die leere, die ich empfinde, wenn ich an manches
lebensschicksal denke, ich kann sie mit händen
greifen. das schicksal drückt mir den atem ab.
die leere: das ende der schluchten und berge,
aller wege.
das ist eine entdeckung. ich entdecke auch mich
darin und erschrecke.
ich hätte sagen können, dass es jetzt geschieht,
dass das leben endgültig in traum übergeht. und
sagen nicht manche, das leben sei nur ein traum.
es würde nichts daran ändern.
woran?
nun, daran eben.

aber das ist alles unsinn. ich schreibe unsinn,
weil ich traurig bin, weil ich mich abzulenken
suche, weil ich die traurigkeit nicht zu fassen
kriege.

ich schreibe mir die traurigkeit aus den füßen.
das gibt es.

bitteres gewölk

grodek, trauer und klage
für georg trakl

da war ein sommer, blutrot
keine ähren im feld
einzelne halme
beiseite geschlagen
eine andere ernte
wird eingefahren

düster ist es
im park
strauch und blatt
verschlossen
schwarzes lodern
in den zweigen

sonnenhaar
womit die kleinen toten spielen
rätselhaft
ist der wind
der über die teiche geht

wo die alten weiden
stehen
zypressen
zitternd
überm grünblauen wasser
gebeugt

unter der last
verspäteter jahrhunderte

ihre brut behüten
in sarkophagen
aus erz und zinn

bleich
die blumen um mitternacht
zeigerlos
ging das licht verloren

bleich und taub
nagen die maden
am wurzelstock

stein und marmor
von engeln gewürgt
die saßen
in den kapitellen

korinthische heerhaufen
schwarze demiurgen
häretiker im mönchsgewand

über knirschenden kies
eines wanderers schritte
silbernen schatten wirft
glöckchengebimmel
im hintergrund

aus der schwärze
der unendlichen schwärze
galizischer ebenen

blutleer
aschfahl
entblößt ihrer gründe
wolkenstücke
haben nichts verloren
in dieser welt
keinen schlafplatz
kein totenacker

streifende sänger
tanzende bären
einst
schlugen in den
nachtdunklen wäldern
zigeuner
ihre zelte auf

schnaps
und inzest
und die unermessliche gnade
unserer mutter
gottes

wir sind verlassen

in diesen sommer
sind die trümmer
der dörfer gedrungen

sie haben ein ungeheuer erweckt
das nicht mehr ruhen will

spricht von blut
und hohlen träumen
dass hier die hölle sei
und des himmels eingang
verschlossen

gelbe sonne

aus wunden
blutend
vergeht das grün
welken die rosen
verbrannt sind korn
und acker
die hirten
davongezogen

wo schmetterlinge
sich zärtlichkeiten zuriefen

dass der tag
die nacht nicht sehe

bitteres gewölk
über den grüften

körperlichkeit. das ist doch das eigentliche.
und -
ich möchte erfahren, wie es wohl sein würde ins
ungewisse aufzubrechen mit nichts als einem
fundus an ungewissheiten.
du hast nichts zu verlieren als dein leben. dein
einsatz ist das leben.
es gibt keine andere wahrheit.

ich könnte mich in einen rausch verfliegen (kann
man sich auch in einen rausch verführen?), ich
könnte mich heroisch fühlen. es muss am
winterwetter liegen.
ich höre schönberg, sechs kleine klavierstücke,
op. 19, der himmel ist grau, die bäume kahl,
dürre gerippe, heftiger schneefall mit flocken,
dick wie pusteblumen.
ich könnte fast annehmen, ich sei aus meinem
körper herausgetreten, es muss eine art von
verrücktheit sein, es kommt mir nicht unerwartet.
wieder einmal die große geste, große worte
nachzeichnen mit geschlossenen lippen,
knirschenden zähnen, den mund nicht aus-
einanderkriegen, zu feige, die füße vom hocker
zu nehmen.
schon sehe ich mich zögern, zeit schinden, die
stirn in falten ziehen, gegenargumente sammeln.
damals hätte ich abhauen sollen, nach der
wende, da bin ich noch jung gewesen ...

damals ...
heute gilt.
ich brauche mir nichts vorzumachen, kirow wird
auch ohne mich klarkommen, erst recht, wo er
nun jutta zur seite hat.
dort draußen steht der wagen bereit, also,
worauf warten, los geht es ...
ja, aber, ach ... da wäre dies noch zu erledigen,
und vieles zu bedenken, und es ist doch so schön
warm hier ...
so schön warm ...
was für ein feigling ich doch bin ...

neues von klaus

kirow brachte mir ausgedrucktes von klaus.
er legte es mit einer andacht vor mich hin, als ob
es sich um eine botschaft handelte, die über das
schicksal ganzer völker entscheiden sollte.

kweich

in der krypta
sie hatten uns beiden einen arm abgehackt und
in der krypta abgelegt.
dort würden wir verbluten.
ich wollte sprechen. ich wollte dir sagen, dass
wir uns retten könnten.
dass wir nur unsere stümpfe ineinander zu
verschlingen bräuchten.
und sprechen sollten wir, sprechen ...

doch es gelang mir nicht, ich konnte es nicht mehr.
ich konnte dich nicht halten, nicht mich.
das war noch kein traum. das war noch im wachen.
und wie wohlig sich das leben mir verströmte.

das beet
es stand ein rosenbusch in der mitte, rosenrot.
die leichenteile hatte ich im kreis gelagert.
gleichmäßig verteilen, tief eingraben, ruhig bleiben heißt es nun. entspannt. lächeln. sie ist fort. vergangenheit. noch etwas lavendel pflanzen. viel. viel lavendel. duft. lächeln. lächelnd die arbeit vollenden. dann ist es getan. ruhe. glück. zufriedenheit.

lysiane

träge verschwimmt mir der tag
trübe der himmel
und zaghaft die luft mir
den willen zum atmen verstellt

es schwebt ein geheimnis dort droben
das will mich verführen

ich brauche licht
ich ...

und es ist alles schweigen

wenn ich doch nur ...
und ich wollte doch ...

ich sollte einen fuß vor
den anderen setzen
und einen weg gehen
welchen
einerlei

das geheimnis
dort droben
ergründen
sofern
es sich nicht entzieht

es wird nicht

der parkettboden
unter meinen füßen
spricht rätsel

es ist
eine abendsonne
hinter den wolken
die groß sind
und schwer

das geheimnis
hat seine eigene zeit
dann
wenn es bereit ist

ich
nicht

die wolken
und die bäume
rauschen
ein wind

und die sonne
da ist
licht
das ...

und ich werde die stille
nicht brechen
nein
ich werde hier sitzen
und warten

der matador

poem der ekstase: skrjabin: prometheus
das feuer: bleckend, versengend
können wir, oder nicht
klang, ekstase, farbenrausch
in eins zusammenfassen?
es sind die drei augen der finsternis
ich bin ohne maß
und ohne grenzen
innerhalb und außerhalb
meiner selbst

ein gletscher
ein lavafeld
kratzspuren
gesichter
plastische körper
schwelen
rauch steigt auf
und ein ton
aus der tiefe
in die bergeshänge
ansteigend
ein ton
der
um eine farbe kreist
in sie eingehend
sich verneigt

feuer
berg
gletscherspalte

und wie heißt der hunger
und wie heißt der hass

lass das a sich öffnen wie eine hölle, einen
schlund
lass das c rotsaugen
lass das d wie eine eiterbeule platzen
blau, grell, purpur, violett, das
deckt dich zu, mondweißlich

brunnmeier

blut
betonpfeiler, kommt keiner gegenan, kopf, glatze, bauch, baulärm, die vierspurigen autobahnen, wo durch meinen kopf keine türme passen, die nutten haben ihre freier auf die straße gesetzt, raus, raus, heulkrämpfe, knoten im magen, eine kette langen männergebeins, das letzte klirrende vorhängeschloss, weit weg getrieben, schäumende hilflosigkeiten, gepumpt, gehetzt, gehechelt, gespreizt, in der schwarzen lagune, rattenköttel, geröstet, und ich suchte gesichter, gesichter von menschleben, im nebel schleim, wie wenn du ein kondom durchstoßen wolltest, durch, durch, schwanz voran, in raserei, ein schrei, vorbei, vor, das gefühlte fleisch, gefüllt, schleim, darin die nutten vergraben in ihren fingernägeln, blutrot, am ende der nacht

menschleben. das wort ging mir nicht mehr aus dem sinn.
war es nicht das, worüber auch ich die ganzen letzten tage hatte nachdenken müssen?
wie in einen kopf so viele menschleben passen mochten ...
in jedem wort steckten sie. und wie viele geschichten dahinter ...
wie viel leben ... und wie zählt sich das leben ...
wie ...

bunte glitzersteine auslegen, lichterketten
darüberhängen, dass sich lichtzonen bilden,
trübe aussichten in zuckerguss und schoko-
streusel verwandeln.
gewürzplantagen in den himmel zaubern, die
nach vanillekipferl duften, nach printen und
zimtsternen.
und wie in einem kleinen schaufenster die
lachenden gesichter der pflückerinnen in ihren
safrangelben gewändern.

verschneitheiten und wetterberuhigung, d.h. der
schnee hat sich festgezurrt und meine stimmung
platz genommen, springt nicht mehr wie wild
herum, was nichts zu bedeuten hat, worüber ich
mich keiner illusionen hingebe, also illuminiere
ich mich ...

was der mensch braucht ...
britta.
die mich in ihre warmen weichen arme schließt
(alle anderen auch, aber ...)
(jeder liebt sie auf seine weise).
ist nur dumm, dass es 30 kilometer sind.
hin geht noch.
30 kilometer zurück, besoffen im schnee, ist kein
pappenstiel.
zu fürchten sind weniger die dorfsherrifs als die
schneewehen.
ich (ja, natürlich, ich fahre) zeige eine
ausgesprochene vorliebe für schneewehen.
so hoch liegt der schnee noch nicht, aber es gab
epische winter ...
die man *so* nur auf dem land erleben kann
(ein städter macht sich keine vorstellungen)
und *so* nur hier, im gleißnerisch weißen
(gleißnerisch ist gut und erinnert mich an e.t.a.
hoffmann) brandenburg
(eine steigerung gäbe es lediglich in masuren
oder jenseits von kasan)
(ich kenne beides, weiß also, wovon ich
spreche).
epische winter und epische schneewehen, in
denen wir versackten, denen wir nur mit
knapper not entrannen, die wir einem gütigen
schicksal dankend überlebten.

die mamsell erwartet uns vorwurfsvoll maunzend vor der tür. sie schließt sich der jutta an (uns traut sie nicht) (zurecht), und folgt ihr in die küche.

benno darf in meinem bett schlafen, ich nehme das sofa.

da ich genauso oft auf dem sofa einschlafe wie ich ins bett finde, machte das für mich keinen unterschied. außerdem hatte benno das bett entschieden nötiger als ich. der vodka killte ihn doch immer (woran sich ablesen ließ, dass er noch nicht lange genug im gulag lebte).

nacht. und schnee rieselt durch meinen kopf.

ich lag auf dem sofa und dachte nach.

ich hätte nie gedacht, dass man mit so einem beduselten kopf noch nachdenken konnte, aber so war es.

ich dachte darüber nach, ob es eine grenze gibt.

nein, keine ländergrenze, solchen schwachsinn meinte ich nicht. ich meinte so etwas wie die grenze des schnees. die könnte direkt vor unserem haus liegen, in der einfahrt, die auf die straße führt. die könnte aber auch in prag in der gasse, in der kneipe liegen, wo der hašek den schwejk hat sitzen lassen, wo es den guten becherovka gibt.

die grenze des schnees ist nämlich gar keine richtige grenze, sie ist die grenze unserer hoffnungen, die grenzenlos sind.

ich fand, dass ich einen sehr nützlichen gedanken gefunden hatte und schlief zufrieden ein.

fremd sein

wir sind uns alle fremd
wozu also in die welt schweifen
ich könnte mir auch zuhause fremd bleiben
doch in der ferne bin ich mir fremder

kaum aus dem haus, fühle ich mich unvoll-
kommen, ausgeliefert
noch hält die vertraute umgebung
doch könnte sich nicht hinter der nächsten
biegung eine baugrube aufgetan haben über
nacht?

die einbildungskraft beginnt ihre arbeit zu
verrichten

noch erkenne ich bekannte gesichter
an deren fassade ich entlangstreife
ungewiss, ob sich nicht die karten neu gemischt
haben während ich schlief

irgendwann sind nur noch ränder
die stoßen mich ab
ich stoße an

nun kommt der augenblick

aufgeben, zurückweichen
oder näherrücken
jemandem die pelle streicheln
ruckweise worte finden

herzklopfen
das gepäck auf den boden stellen
die arme ausbreiten

ich bin wieder daheim

und so begrüßt der fremde den fremden.
doch so ganz bin ich nicht einverstanden mit mir.
denn so fremd bin ich mir nicht. wenn ich einmal
in ruhe in mich hineinhorche, wenn ich alle
voreingenommenheiten und ¡voreinstellungen
herausnehme, dann erkenne ich mich durchaus,
und das ist keine erfreuliche erkenntnis, denn
dann bin ich mir einer, von dem ich sage: den will
ich nicht kennen. denn nun kommt alles wieder
zutage, was ich sorgfältig in die tiefen versenkt
glaubte, das, was ich zum endlager bestimmte,
rumort und regt sich gewaltig.

manchmal treffe ich mich mitten ins herz.
dann gehe ich weiter.

einfach mal schwimmen gehen. ausflug ins hallenbad. die ausströmende wärme und feuchte in der umkleide. vorfreude auf wasserrutschen, wirbelzonen.
später dann wieder britta (liegt auf dem weg), keine entgleisungen: rehgulasch.

notierung: beruhigungsfaktor 200 %
zurückgefunden? abgefunden?
einsichtnahme.
warum mich quälen, an vergangenem vergehen.
lieber etwas neues suchen, findungsprozesse einleiten. die wüste ruft noch immer, doch es sollte noch mehr geben.
interessen wecken.

die verborgenen fluglandeplätze
die geheimen verstecke
die aussichtsreichsten unterwassergründe
das alles bring ich mir her
stell ich mir bei

nächtliche straßen
das heimkehrmodul eingeschaltet
zum fest der liebe
kilometerweise
die schokoladenbäume entlang
der lebkuchenhäuschen
die produktion läuft auf hochtouren
santa claus is coming

dann finsternis
dann ein einsamer scheinwerfer
weiß wie schnee
grün wie gras
leuchtet mein haar
wie eine neonröhre
schief sitzt meine nase
wittert jede regung

so sah ich mich in der frontscheibe.
ein erleuchteter.

so einfach ist das nicht mit der erleuchtung.
muss ja auch nicht.
das geheimnis besteht wie immer in der geduld
und im warten.
wenn pyramus und thisbe nur nicht so ungeduldig gewesen wären, romeo und julia nicht so
ungestüm ...
aber was rede ich ...
ich bin der einsam wartende, der geduldige, der
seine tage umbringt.
ja, ich bringe sie um.
geduldig schließe ich meine hände um ihre kehle
und drücke zu.

ganz etwas anderes: der blick in die tiefe. obwohl
ich gleich einschränkend bemerken muss, dass
es sich womöglich gar nicht um eine tiefe
handelt. es ist kein see, kein brunnen, kein
zugang zu einer unterirdischen höhle. obwohl es
all das sein könnte ...

es ist weiß
es ist ein weißer fleck
ein großer weißer fleck
der sich neben mir gebildet hat, der von solcher
weiße ist, dass ich nicht abschätzen kann, ob es
mich in die tiefe zieht, oder ob ich davon
abgestoßen werde, sollte ich ihn betreten

diese weiße kenne ich, ich bin ihr bereits einmal begegnet.

es geschah, als ich das bislang erste und einzige mal im krankenhaus war und an der bandscheibe operiert wurde.

zu einem bestimmten zeitpunkt während der operation gelangte ich zum bewusstsein, obwohl ich bezweifle, dass dies der geeignete ausdruck für meinen zustand war, ich sollte wohl eher sagen, dass ich in eine außerhalb meiner selbst stehende verfassung gelangte, die mich ein bild wahrnehmen ließ.

ich befand mich in einem raum, der gänzlich weiß war. es gab keine fenster, türen, noch sonstige gegenstände.

die weiße war so intensiv, wie ich es mir niemals hätte vorstellen können. dabei war es nicht so, dass sie blendete, das gefühl, das ich empfand, ging weit über eine solch einfache erklärung hinaus. diese weiße war vereinnahmend und abweisend zugleich, sie nahm mich nicht in sich auf, sie nahm mich möglicherweise gar nicht wahr.

ich war auch gar nicht da, nicht in meiner gestalt, nicht in irgendeiner gestalt, ich war eine wesenheit, ein gedanke, ein gefühlshauch, und ich war es nur auf zeit.

ich war auf der anderen seite, und doch wieder nicht, nicht ganz, denn ich vermute, dass dieser weiße raum nur ein wartezimmer war. man war sich noch unschlüssig über mein weiteres schicksal.

ich kehrte zurück ...

die unsäglichen schmerzen der folgenden tage und die lange dauer des heilungsprozesses ließen mich vermuten, dass bei der operation etwas schief gegangen sein musste.

als ich einige tage später beim rauchen zufällig der ärztin begegnete, die mich operiert hatte, fand ich die bestätigung. ja, bekannte sie mir freimütig, man habe mich während des eingriffs verloren, für einige wimpernschläge.

ich kehrte zurück ...

und bezweifle, ob ich mit meiner erfahrung auch nur ansatzweise eine antwort auf die frage nach dem totsein beisteuern könnte. denn ich war nicht tot, ich war nicht von der anderen seite zurückgekehrt, und glaube auch nicht, dass dies irgendjemandem jemals gelungen ist.

alle sogenannten todeserfahrungen sind keine anderen als meine, aufenthalte im dazwischen, im wartezimmer.

die andere seite bleibt bis auf weiteres verschlossen.

das gefühl, dass der tag nichts bereitstellt. es regt sich kein lüftchen und die temperaturen sind viel zu mild für den winter. ein schneesturm müsste her. der aber nichts an meinem zustand änderte.
ich warte auf etwas, das bereits vor drei monaten stattgefunden haben könnte, das ich in drei monaten verpassen werde. ich warte also vergebens.
dem tag ist das gleichgültig, warum sollte er anteil an mir nehmen. ich nehme ihn ja auch nur wahr, wenn er teil von mir wird.
ich sollte mich was schämen ...
das tue ich auch und greife nach einem buch, lese von anderen menschen an anderen tagen, anderen orten, die mir ein fernweh eingeben, das mir weh tut, aber nur ein ganz klein wenig, gerade so, dass es sich anfühlt wie eine nadel, die sich in die haut einritzt ohne wirklich einzudringen.
lethargie.
mittlerer vormittag, ich, noch immer im bademantel, in meinem geliebten ruhesessel lehnend. milchig grauer himmel.
ich versuche mich in blickwinkelwechseln, schaue zum bücherregal hinüber, streife die bilder entlang, die an den wänden hängen, doch finde nirgendwo licht, wirkliches licht. und keine wirklichen farben. ja, wenn ich jetzt am mittelmeer säße ... würde ich mich nach

trondheim sehnen, in ewiges grau von eis und nebel.

es gilt eine balance herzustellen.

jutta ist natürlich schon lange aus dem haus, im supermarkt herrscht hochbetrieb, versteht sich. auch kirow ist unterwegs. nicht, dass er mir wieder beunruhigendes vom klaustrophoben klaus mitbringt, mir wäre nach anderem zumute, nur - wonach?

ich lege holz nach, bringe mir den fontane mit. ʼvor dem sturmʻ. nicht nur ein winterbuch, ein ausgesprochenes weihnachtsbuch ist es. für mich ohnehin, meine mutter hatte es mir vor langer zeit zu weihnachten geschenkt. ich lese mich fest. lewins schlittenfahrt, die grab-inschriften, aber ja, fontane hatte ein faible dafür, wie meine mutter, die es an mich weitervererbte. erinnerungen:

sie sieht nun tausend lichter
der engel angesichter ...
und kann auf sternen gehn.

das ist schön. ich könnte es benno vorlesen. ich könnte ihn anrufen ...
nein. ich werde zu ihm hinausfahren.
ich werde mich dem nieselregen aussetzen und den dunklen tannendurchfahrten.
der wald wird schwarz sein wie die nacht.

dichtes gezweig

nadeldicht, klamm dringts durch die kühler-
haube, gnomennebel, haarscharf über dem
boden dampft es, solch einen wald gibt es sonst
nur im märchen, ein wald der irrenden hoffnung,
schwermütigen bedrücktheit, die holpert mit,
klebt mir den gaumen zu, noch drei schlaglöcher
ins ungemach
ich liebe den wald nicht mehr, das ist einmal
anders gewesen, doch das dumpfe war auch
damals schon da, etwas lastendes, es werden die
bäume sein, die brüten etwas aus, seit jahrhunderten
sitzt es im gezweig

benno erzählt

weihnachtskoller, springmännchen im quadrat,
grinst er schief, zeichne ich, sagt er, reicht mir
den block, arabesken, köpfe, gnomengesichter,
hutzelmännchen.
ich habe benno im haus vorgefunden, in seinem
arbeitszimmer, das, meinem nicht unähnlich,
gleichzeitig gemütlichkeitszimmer ist.
er deutet zum atelier hinüber, das sich, nur
wenige schritte entfernt, bereits im dunst von
regen und baumschatten verliert.
weihnachtspause, sagt er, klassisch, bis zum
sechsten januar.

benno lädt mich ein platz zu nehmen, geht nach
nebenan in die küche und kehrt mit einer flasche
wein und zwei gläsern zurück.
er schenkt ein, wir sitzen und schweigen, ich
lasse meinen blick schweifen.
ein künstlerzimmer, oder, besser: ein zimmer,
wie es nur bildende künstler zustandebringen.
es sind die utensilien, materialien, farben, pinsel,
stifte, kreiden, stecken in vasen oder alten
metalldosen, aufgelesene hölzer, wurzeln, teils
bemalt, teils noch naturbelassen, liegen überall
herum, leinwände lehnen an den seiten, auf
stühlen, an den wänden entwürfe und fertiges in
buntem durcheinander, eine solche unordnung
möchte ich mir auch gerne schaffen, benei-
denswert.

benno folgt meinem blick ohne erkennbare regung, für ihn ist es normalität, handwerk und handwerkszeug.

benno sitzt verschanzt wie ein etwas erhöht in den bergen liegendes dorf, das sich abwartend sicher wähnt, während drunten an der küste die seeräuber brandschatzen.

dann sind die seeräuber wieder fort und es erhellt sich sein gesicht.

er hebt sein glas, als ob er mir zuprosten wollte, besinnt sich im letzten moment aber darauf, dass eine solche geste zwischen uns nicht nötig ist, nimmt einen schluck und nickt versonnen vor sich hin.

hat er mich vergessen?

hat er nicht.

ich träume in den letzten tagen so viel, sagt er, und es sind alles gute träume, was mich regelrecht erschreckt. und in zwei tagen ist weihnachten. und die wolken wandern so schnell.

das war mir auch aufgefallen.

draußen ruft eine krähe.

die wolken halten an, die nachfolgenden stoßen auf, kippen vornüber, stürzen in die tiefe.

je me souviens d'une apparition soudaine, sprach es in meinem kopf.

mehr als unerwartet wusste ich nicht, woher das gekommen sein sollte. es wird eine ahnung gewesen sein.

benno ist einer, der ahnungen verbreitet.
von seinem leben weiß ich nichts.
meine hypothese: er hat auch keine ahnung.
erfindet sich darum neu, ein fortdauernder
schöpfungs- und gestaltungsprozess.
hier tritt mir die ohnmacht einer seele entgegen,
ein schrei, nicht nach erlösung, nach erkannt-
werden.

benno spricht:

hamlet
fällt
sinkt
bricht
zu boden
zerstoßen
auge
bricht
auge
zu boden

hat es ein anderes gegeben? ein anderes
geschehen ein anderes werden gebot
gebärden hoheitsvoll geschmeichelt über die
schwelle da kehrt es um ungerührt nur was
wollen wir phrasen verschwenden er ist doch tot
der alte könig ohne gnaden auf eis gelegt krumm
um die dumpfe stunde steht sein grab nun leer
darin

versammeln sich die jungen hunde ein übermaß
an eitelkeiten wenn er das nur erkennen möchte

hamlet
wie eine puppe
staubfäden zieht
der hahn kräht
sprich
verweile doch
es ist zu spät
beim anblick eines tages

zu spät da eilen geister zu gericht kein kobold
schweift den hexen gelingen keine zauber mehr
blutrot nun steigt die sonne auf gebein ruht bei
gebein vom ersten leichnam bis zum letzten dass
des himmels winde kauen schänderisch schnau-
bend
selbstzerfleischend
ich kralle meine nägel in mich ein
eingehend fleisch zerfallen auf der wache ich

hamlet
antwort suchend
sprich könig sprich
verfluchter leichnam

ob dornenweg ob blumenpfad ophelia deines-
gleichen ruft nach trompetenstößen nah
mitternacht qualvolle flammen dein geist kaum
wagen wir es zu benennen verzehrtest dich in
einer schlange blut die stach in einem garten

darauf die sonne eine saure lust verbreitet von
phlox päonien perlfarn
schuld? schuld ist als ob die
frage träfe und hierauf tut er alles losgebunden
überm auge das bricht das sinkt das fällt der
himmlischen dem abgott meiner seele zuge-
tragen
zweifle ob lügen kann die wahrheit an meiner
liebe zweifle nicht
ehrlich sein heißt zu verachten wie es in der welt
hergeht daran zerbrechen herzen
wer ein herz hat und sich eines nimmt ungefragt
unbewusst aus seligem antrieb wenn tollheit
methode hätte
könnte wäre da
nicht

hier bricht es ab was augen schweigen kündet
und mit blut gedüngt ein aufatmen im himmel
auf der erde ein aufschlagen dumpfer widerhall
lockende gestalten tagestrunken sterben
schlafen weiterschlafen ein ziel auf das
gemündet alle verstrickungen des lebens
schlussendlich zielen
schlaf
schlafen tief und ohne gedanken das ende es soll
geschehen alles weitere zwingt blinde wut

ich versuche zu erkennen und die zeit zu durch-
queren.
überlege mir, ob man die zeit nicht auch ver-
gießen könnte.
wir trinken die flasche leer. dunkel ist es geworden.
einiges stöhnen im gebälk. dann: schweigen.

benno bewohnt ein haus, das eine geschichte hat,
und geschichten verbreitet.
erich mielke hat hier gewohnt.
nein: quatsch. es war der betriebsleiter vom veb
`kleine haie´, rostock.
genau so ein quatsch. der hat sich nämlich
ansehnlicheres auf hiddensee leisten können.
nein, nein - die datsche hat dem alten vater
bräutigam gehört.
der hat sie benno verkauft. den erlös hat er kirow
in die hand gedrückt und ist senil geworden.
kirow hat das geld an benno zurückgegeben. der
hat damit in hoppegarten gezockt und das
dreifache herausgeholt. das hat er brüderlich mit
kirow geteilt und mit seinem anteil den
atelieranbau finanziert, der vom jungen
bräutigam ausgeführt wurde. ebenso die
verbesserungen an unserem häuschen. so ist
alles im dorf geblieben.

so war das.
wir leeren noch eine flasche. sagen uns
trinkgedichte auf. später nächtliches.

rückfahrt

musik: die puhdys, ` geh zu ihr und lass deinen
drachen steigen ... ´
gutelaunemusik. dicke trommel und bufftata.
erinnerungen. ihr auftritt in, ich weiß nicht mehr
in welcher sendung, nur mein gedanke dazu, den
ich damals hatte: wenn das die margot
honnecker sieht ...
(meine grimasse möcht ich jetzt sehen!)
(ich spüre ein tollwütiges grinsen)
dann weitergrölen, auf dem lenkrad trommeln ...
aber:
die legende von paul und paula ...

paula: wir lassen es dauern, solange es dauert.

wie ist es denn bei mir gewesen, bei uns? wir
sind uns allmählich verloren gegangen.
jedoch: ich sehe keinen fluch und keine qual. es
dauert fort.

auf die bremse treten ...
die reaktion ist noch voll da.
vor mir steht ein fuchs auf der straße, geblendet,
erschrocken.
ich warte ab.
geh nur, mein freund, geh deiner wege ...

warten / 6

die bahnhofstraße unseres kleinen städchens.
ich trage eine lila cordhose, lila jeansjacke,
wildlederboots. alles aus dem westladen.
ich bin gekommen um mich auszustellen.
es ist sonntagnachmittag. kein mensch außer
mir ist unterwegs.
ich fände sowieso nicht den mut ein mädchen
anzusprechen.
ich bin gekommen um zu warten.
ich warte aufs christkind.

der baum ist geschmückt, der baum ist schöner denn je.

spätes frühstück.

jutta und kirow verkrümeln sich gleich wieder ins bett um in rührfilmen gefühle umzurühren.

geht nur ... habe ich gesagt. es ist mir ganz recht.

heute abend wird es pastetchen geben. benno kommt, den lagerkoller auszuleben.

bis dahin habe ich einen nachmittag.

ich könnte einen blick riskieren, ich könnte haarscharf am leben entlangschrammen.

der bundespräsident wird sein weihnachts- konzert geben, er wird ausgewogene worte finden, immerhin: er ist ein nüchterner mensch, kein salbaderer wie seine vorgänger.

er wird sein ziel nicht verfehlen. rosafarbene schäfchen werden sich im kerzenschein drehen.

ich beneide ihn nicht um seine aufgabe und will nur hoffen, dass er nichts dabei empfindet.

ich könnte mich genausogut fragen, warum zu weihnachten keine gänseblümchen blühen. es ist seines amtes, heißt es nicht so?

meine empfindungen sind zwiespältig.

ich geh mir bilder fangen.

der baum steht, na logo, in meinem kamin- zimmer, aber was ist schon mein (dein, sein), hier steht der baum, ringsherum das halbe erzgebirge, pyramiden, krippen, die seiffener sängertruppe. wann immer man ins erzgebirge fuhr, brachte man was mit (es gab ja sonst nichts).

in den fenstern noch so allerlei, auch vor mir auf dem tisch, ein reh, das eine kerze bewacht (oder umgekehrt). eine schöne zierliche arbeit ist das, unaufdringlich.

ein stilleben.

ich könnte mich aufraffen, ein gedicht dazu schreiben. doch gedichte haben keine grundsätzliche bedeutung.

ich bin absichtlich ungerecht.

kein hund greift nach dem reh
in der stille bricht ein henkel vom krug

es wird wohl die mamsell gewesen sein. die kommt angeschlichen, schuldbewusst.

ich möcht nicht wissen, wie es in der küche aussieht, vorläufig nicht.

ich will mal großzügig sein: gedichte sind schön.

es gab und wird immer wieder zeiten geben, in denen schreihälse auftreten und verlangen werden die kunst durch knüppel oder maschinengewehre zu ersetzen.

ich habe es einmal erlebt, ich will es nicht wieder erleben. lieber langweilige gedichte lesen.

ach! da hab ich mich wieder.

impulse geben. jeden tag zehn minuten vokabeln üben.

ein gedicht aufsagen ohne schulmeisterlich zu wirken, den garten an die wand lehnen, gleich neben den spaten.

das kommt daher: im radio läuft klassische musik, zwischendurch werden gedichte gelesen, von den autoren selbst, mein gott, wenn sie können täten ...
es ist zum hände über den kopf schlagen (und erbarmungslos niederringen). nicolas born (der ist schon lange tot, da kann ich's ja sagen), wie er den tod in stanniolpapier verpackt, sarg drüber.

ich hätte stattdessen trauben keltern oder plätzchen backen sollen.
nur: mit weinbergen haben wir es in brandenburg nicht so, dafür plätzchen bis zum abwinken.
da kann man mal sehen ...
was so ein nachmittag anrichten kann, dabei hat er sich nicht einmal besonders hergerichtet, grau und regnerisch wie er ist, ganz sicher keine zauberfee, und bald verkriecht er sich auch wieder.

ich muss eingenickt sein, denn nun singen die seiffener sänger beatles-songs: ` i am the walrus ... ´
es fällt den holzmännlein schwer die geeigneten verrenkungen auszuführen, doch bald wiegen sie sich wie bunte schlangen.
zweifelsohne werden vanillekipferl in ihrer bedeutung für die allgemeinheit unterschätzt.
ob kirow da wieder etwas eingefüllt hat aus dem bewussten tütchen?
glücklicherweise kommt benno eingeschwebt.
sein diesel röhrt wie ein panzer der nva
(ich hab noch einen im wald versteckt, einen alten t54)
(kichern ... gesegnete ostern, fröhliche western, wie wolfgang neuss ehemals sagte, jedenfalls: so ungefähr)

(es kommt noch für jedes land das jüngste gericht)
(darum lasst uns den wehretat erhöhen)
(rache für sadowa hieß es einst im zweiten französischen kaiserreich)
(die rache für stalingrad ist immer noch fällig)
(mir fröstelt)
(politiker sind gefährlich)
die holzmännlein sind bei den erdbeerfeldern angelangt.

auftritt: benno

es beginnt bewegung anzunehmen.

ob sie wohl ein zimmer frei hätten, möchte benno wissen.
aber sicher doch, sage ich, macht 70 euro.
mit bad?
mit bad 120 euro.
das ist mir zu teuer.
benno vollführt eine abwehrende handbewegung.
wir lachen.
wie wärs mit vollpension, sage ich, und als aperitif hätte ich einen vorzüglichen dão im kühlschrank.
benno nickt. und die da oben ...?
erholungsphase nach bewegungstherapeutischen maßnahmen, gefahr von herz-rhythmusstörungen ... die werden sich schon regen wenn es zur bescherung geht ...

benno stand auf, ging nach draußen in den flur und kehrte mit einer riesigen grauen leinwand-tasche zurück, die er sorgsam unter dem baum ablegte.

dämmerung

kriecht durchs moor, das sich der nacht entgegen
sehnt
schwarz, ganz schwarz ist es geworden
schwach, ganz schwach der gelbe schimmer
einer kerze in der fischerhütte
die lässt das schwarze schwärzer noch erscheinen
nur die birken haben sich noch etwas licht
bewahrt
in ihren schmalen stämmen, das nehmen ihnen
die hexen fort, die hexen mit den kahlen schädeln
die treten heraus aus dem wald, eine nach der
anderen
lassen sich am ufer nieder, starren auf die
unbewegte wasserhaut
starren hindurch, hinab, bis ein gurgeln aufsteigt
und sich schließt

nein, das war nichts.
und erst recht kein weihnachtsgedicht.
ich bin aber sehr für verfremdung.
und außerdem müssen die hexen ja auch irgendwo hin.
haben wir uns nicht alle lieb?
bei uns im haus herrscht große liebe.

ich weiß nicht (das heißt, ich weiß schon) - in letzter zeit kommen mir kirow und jutta wie eine einheit vor, nicht auseinander zu denken, was daran liegt, dass sie frisch verliebt sind, das ist ganz natürlich.
ich freue mich für die beiden, fühle mich auch durchaus wohl mit der situation, unserer gemeinsamen hauswirtschaft, doch hat es etwas berührt in mir, mich angetastet ...
nun ja, das sind die üblichen phrasen
für etwas sehr kompliziertes das darin, dahinter steckt ...
voller ungenügen, ja, ich fühle mich angreifbar, und das gefällt mir nicht.
es ist etwas erwacht, das verschüttet lag. nun erhebt es sich und verbreitet seinen staub, eine wolke des unvermeidlich schadhaften.
schadhaft?
nein. dieses wort hat nichts gutes zu bedeuten, ist schlecht, durch und durch verdorben, was hinzunehmen wäre, wenn es stimmte, aber es stimmt so nicht ...

keinesfalls, auch wenn jetzt das herz versagte
das tut es nicht ...

bescherung

benno und ich gehen auf den flur hinaus. auf dem
garderobenhocker liegt das glöckchen bereit. ich
klingele ...
schon poltern jutta und kirow die treppe herab,
an deren fuß wir sie erwarten, einige der
schleifengebundenen, in festlichem papier
prangenden päckchen entgegenzunehmen und
in meiner stube, unserer weihnachtsstube, auf
der kommode zu verteilen, der zur seite ich den
baum aufgestellt haben.
das ist nicht von ungefähr so eingerichtet, das ist
alte tradition. die kommode, auf der sich
normalerweise bücher, cd´s und mancherlei
krimskrams häufen, habe ich bereits am morgen,
als ich den baum schmückte (ja, ich allein, denn
auch das ist alte tradition), leergeräumt, ein
weihnachtsdeckchen darauf gelegt und die
bunten teller verteilt. denen werden nun die
päckchen zugeteilt, auch meine kommen aus
dem versteck, und benno räumt seine große
graue tasche leer.
ich lösche die elektrischen lichter, nur die kerzen
am baum verbreiten ihr warmes leuchten, wir
singen `stille nacht ...´

dann wird ausgepackt und es wird sich gefreut und wir nehmen uns wieder und wieder in die arme.

was für schöne bücher ich bekommen habe:
einen band apollinaire
` 1947 ´ von elisabeth åsbrink
(mensch, kirow, wer hat dir das denn einge-geben)
(die welt steckt voller wunder)
(da fällt mir ein - es ist ja unser geburtsjahr)
paul nizons gesamtpaket

wie wir uns freuen, wie glücklich wir sind, dass der zauber nie vergeht, wie alt man auch werden mag.
dass der zauber niemals vergehe ...

als letztes bleibt übrig ein großes pack-papiereingeschlagenes, das, warum benno diese riesige tasche trug, oh, es ist schon klar, ein bild, ein bild, ein gemälde ...

wir
er hat uns gemalt

so sieht das aus:
ich sitze wie eine überdimensionierte graue maus auf meinem lieblingssessel, die mamsell auf dem schoß, die fixiert mich seitwärts mit ihren mintgrünen augen.

über die rückenlehne gebeugt kirow und jutta,
lächelnde gesichter.

ein geniales bild, farben wie vom regenbogen.
kommt über den kamin, na klar.
ich kann mich immer noch nicht beruhigen.
das soll ich sein?
das bin ich.

pastetchenessen. rotkäppchen trinken. ich lese
eine weihnachtsgeschichte von kästner vor,
dann fontane.
jutta und kirow verabschieden sich.
benno und ich augenzwinkernd.
dann lege ich benno die runen. schließlich sind
wir ja heiden, das darf man auch an einem abend
wie diesem nicht vergessen.
dazu machen wir uns eine flasche bordeaux auf.
einen von den guten.

barnum / 16

zwischen weihnachten und neujahr

nichts zu schaffen haben
nichts zu suchen
nichts verloren
nichts zu geben
nichts zu hoffen
zu erwarten nichts als einen langen winter

zeit abrollen lassen. die kapuze über den kopf
ziehen, die schwarze kapuze.
wäre ich eine frau, könnte ich mich zu den
nornen setzen.

nicht einmal dazu hat es gereicht

(das blöde grinsen hätte ich mir jetzt verkneifen
können)

wasser ausgießen
dieses heilige wasser, das alle dinge weiß
werden lässt wie die haut, die man skjall nennt
und die innen an der eischale sitzt
(so steht es in der edda)
(das ist scharf und klug beobachtet)

die windräder drehen sich auf dem öden feld, am
futterhäuschen tannen- und blaumeisen,
hundegebell aus dem wald, vom schornstein des

nachbarhauses steigt rauch auf, die abwesenheit
macht mich sprachlos wie ein stein.
den letzten glockenton fragment bleiben lassen,
einhalten, nicht die regentropfen zählen, es steht
kein liebespaar unter der kastanie am zaun.
was damals falsch war, ist auch heute noch
falsch, es kann ein langer abend werden, sollten
wir die uhren verstellen, taucht es ein in die
schatten der bäume ohne gestalt.
sobald alles schläft, singen die sterne so viele
lieder wie das paradies verträgt.

auf halbem weg kommt mir benno entgegen. wie
die heiligen drei könige.
den tag meine ich, nicht die magier (denn magier
waren es), auf die würde ich lange warten
können, die waren in der wüste verdorben. was
allerdings nur meine lesart ist. es gibt andere.
benno war einkaufen
(bei jutta, deren schicht bald zuende geht)
(kirow wartet bereits)
ich fahre einen see besuchen.
nicht unseren haussee (dort hätte ich zu fuß
hingehen können, einen anderen).

sie ist mein persönlicher see (es ist eine sie)
sie ist eine stille person
flicht ihre zöpfe im schatten der bäume
es gibt nicht einmal einen uferweg
doch einen platz für mich, dort sitze ich
sehe ihr zu
wie sie schleifen in die zöpfe bindet

ich lausche, sehe, wittere
sinnträchtig wie eine maus

perdite

verlorene
ausfälle
hinterbliebene
nicht abgeholte
auf halber strecke liegengelassene

einfälle
unter einer ascheschicht
verstummte
verkrümmte

woran man am meisten denkt
was man glaubt
was man niemals für möglich hielt

die angelschnur am fuß des graureihers
ich zog ihn aus dem see
für fuchs und raben

die bäume stehen wie geister
aussichtslos vor dem winter
zeitlos in meinem inneren
fruchtbereit

apri gli occhi

ich liebe also das leben

wie es sich bietet
ich musste mich nur noch einmal vergewissern

enumerazione

erübrigt sich
es gibt keinen schnee
und ohne schnee keine eichhörnchenspuren

altri due

sie und ich

das rauschen in meinen ohren ist ein rauschen
der freude. ich trete aufs gas, ich berausche mich.
landschaft begleitet mich, scharf gerändert die
baumgerippe oberhalb der felder, strecken ihre
krallenfinger aus, machen die wolken zauselig,
dann nadelwald, die fichten wie verdrehte
henkeltöpfe, moostiefen, eingeschwärzt.
ich fahre wie ein jauchzen.
sie und ich. sie und ich.

letzte nacht des jahres
(die nächste gehört schon dem neuen)
ich träume von zukünftigen verheißungen
denke an karpfenkiemen und bleigießen
und ob der champagner von aldi tatsächlich
so gut ist wie der volksmund spricht

so ein neues jahr stellt ansprüche wie ein
tiefseefisch. du siehst einen hellen fleck, treibst
darauf zu, doch es ist so finster, dass du nicht
weißt, wie groß das maul ist, das dahinter steckt

du ahnst es
groß ist es, und gefräßig, jählings
öffnen sich zwei reihen nadelspitzer zähne
das meer

der gefräßige fisch war geplatzt, denn sie
platzen, sobald sie in schichten mit geringerer
dichte gelangen, und die gewaltige explosion
seines riesigen leibes hatte mich an die
oberfläche katapultiert, doch das meer ergriff
mich von neuem und zog mich hinab

ich weiß nicht, woher diese unruhe stammt.
es muss in meinem inneren einen ort geben, der
etwas wahrgenommen oder erkannt hat.
er hält es vor mir verborgen.
ich strampele ohne sinn und verstand,
unvorsichtig, wie mit blindheit geschlagen.
jeder x-beliebige tiefseefisch könnte wieder nach
mir schnappen. doch ich weiß: sie kriegen mich
nicht. es ist etwas anderes.

burglind, das sturmtief, 3. januar

stell dir vor: heute ist der tag, dem die einfälle
ausgegangen sind.
als ob der sturm sie gekapert hätte.
dabei trägt er solch einen schönen namen.
burglind: die linde bewacherin, das linden-
holzschild.

untergänge, grenzerfahrungen
fortwährend werden torten angeschnitten
kann der mensch es nicht einfach gut sein lassen
womit ich mich meine

der mensch kann nicht und der mensch will nicht
der mensch ist widerstrebig aus prinzip
der mensch will sich in die tiefe stürzen nur weil
es eine tiefe gibt

der mensch hat eine vergangenheit, der mensch
machte erfahrungen, die in seinem inneren
gären. doch hat der mensch auch eine
bestimmung, und was sollte das sein? dieser da
war berufen bürgermeister zu werden, jener ein
klempnermeister, dort hinten taucht kafka auf

na, und

was sagt denn das über das leben?
gar nichts
denn das leben bist du
und du schreckst davor zurück deinen roman zu
schreiben

sobald deine zweifel und ängste aufscheinen,
deine unruheherde in brand geraten
nimmst du reißaus
da kannst du zehntausendmal bürgermeister
sein, das führt zu nichts
weil du dich hinter deinem lindenschild ver-
steckst
oh, burglind

ich ärgere mich über mich selbst
aber maßlos

der horizont ist voller zorniger blitze

warten / 7

ich warte
ich warte vergebens

denn
es hat sich nichts ereignet
das ein warten rechtfertigte

ich hatte einen brief erhalten
er stammte von einer frau
einer polnischen kollegin
die ich auf einem wochenendsymposion
kennengelernt hatte
wir hatten uns nur wenig unterhalten

ich wunderte mich

sie schrieb sehr einfühlsam
gleichzeitig zurückhaltend
resümierte das wochenende
berichtete von ihrem alltagsleben

ich war sehr berührt von diesem brief
mehr noch
entzückte er mich derart
dass ich ihn wieder und wieder aus dem
umschlag nahm
ihn las

er versetzte mich in eine unruhe
die ich

144

mich danach befragt
nicht zu erklären vermocht hätte
doch ich fragte nicht danach

ich laufe durch die straßen
ich stehe wartend am bahnhof
sitze auf den eingangsstufen des institutes
rauche
rede mit mir selbst
setze mich erneut in bewegung

ich laufe und laufe
als wüsste ich nicht
dass es einzig darauf ankäme
einen fuß vor den anderen zu setzen

es gibt klare momente

ich bin mir bewusst
was ich zu tun hätte
mich unverzüglich an den schreibtisch zu setzen
meinerseits einen brief
einen ausgewogen schönen und klugen brief an
sie zu verfassen

ich lasse es bleiben
ich lasse tag um tag verstreichen

ich lehne mich gegen das schicksal auf
das schicksal nimmt keine notiz von mir

das sind verpasste momente. derer gibt es viele. bei den meisten fehlte es nur an etwas geistesgegenwart. das ist schade, aber erklärlich, und darum zu verschmerzen.

was ich damals aber tat, war eine dummheit, und es ist noch längst nicht meine schlimmste gewesen. mich zu den schlimmsten zu bekennen fehlt mir noch immer der mut, ich schrecke davor zurück, biege bei überhöhtem tempo und hals über kopf in die nächste seitenstraße ein, wie ein bankräuber auf der flucht.

es gelingt immer.

es wird wohl auch gut so sein, ein notwendiger selbstschutz.

es führte ja auch zu nichts, wenn ich es zuende dächte, die seitenstraße würde sich als sackgasse entpuppen.

es ist vorbei. das leben ist vertan.

nein. ist es nicht.

die nacht ist leise. der sturm hat sich gelegt. wieder einmal.

ein streifen weißer wolken spannt sich am horizont, drückt sich gegen die schwarzen zacken des nadelwaldes.

verwundbarkeiten.

wie tief ich in mir bin.

ist schon so.

ich bin ein experte in gründlichem scheitern.

einmal habe ich es gewollt, dann wollte es mich immer wieder.

gewohnt.

es ist hier auch nicht kälter als über den wolken.

ich bin es gewohnt.

ich schließe die augen und denke an orangen-blüten.

denke mich in mein erstes mal, meinen ersten orangenhain.

spanien.

dort bin ich.

wohne mich ein.

lege mich ins gras.

warte, dass die großen spinnen niedersteigen.

mir träumte

ich saß in meinem sessel, las etwas über die unverständlichkeit orientalischer bazare, der fülle von waren und auslagen, der fülle von menschen und ausdünstungen, ich atmete den geruch von schweiß, myrrhe und faulendem fleisch
drückte mich gegen eine mauer, die schwand, mein gewicht zog mich in einen strudel von ereignissen, ich sah mich lange zeit auf einem esel reiten, bis er stehen blieb, was mich zum absteigen veranlasste
ich stellte fest, dass er gestorben war, die menschen schimpften mit mir, weil wir die straße versperrten, ich stand ratlos, wie der esel erstarrt
bis mir ein assassine einen dolch ins herz bohrte, was mich in die gegenwart eines engels führte, der sich über mich beugte und mir zu verstehen gab, dass ich nicht willkommen sei, er wies mich zu einem tor hinaus, über dem ` circum vertere ´ stand
als ich den worten folgen wollte, sah ich mich einem mächtigen drachen gegenüber, der mich freundlich zum aufsteigen einlud
ich nahm sein angebot dankbar an, er senkte einen seiner flügel, dass ich mich ohne mühen auf seinen rücken schwingen konnte, dann flog er los

wir überquerten wüsten, meere und hohe
gebirge, bis wir nach china kamen, dort setzte
mich der drache mitten in einem reisfeld ab
worin ein alter mann mit seinem ochsen pflügte,
der mich willkommen hieß und mir erzählte,
dass er einmal einen herrn kafka in prag
aufgesucht habe
der habe ihn aber nicht verstanden
ich erwachte

benno erzählt / das wunder geschah nicht

ich saß in einer kneipe, saß dicht neben der tür, es war kein platz sonst frei gewesen. es war eine raucherkneipe. eine kneipe, in der man rauchen konnte ist gut besucht.

gleich vor mir stand ein kleiderständer. daran hing ein einsamer mantel. es war ein roter cashmeremantel. er wirkte – zierlich. ich hatte sofort das passende bild vor augen: eine frau von anfang dreißig. unter dem mantel wird sie ein elegantes rotes kleid getragen haben. helle nylons. rote pumps. langes blondes haar. eine schönheit, zweifellos.

ich schaute mich um. und konnte sie nirgendwo entdecken. worauf ich vorbereitet war. es war sommer. der mantel musste schon länger dort hängen.

wie ich so am denken war, kamen zwei typen zu mir an den tisch, die vorher an der theke gelehnt hatten. es waren das dekadente und das debile anhängsel der kneipe, ich hatte sie auf anhieb erkannt. eine solche kneipe kann sich das leisten. für eine solche kneipe ist auch der besuch einer blonden schönheit im roten cashmeremantel nichts außergewöhnliches.

sie seien meinen blicken gefolgt, erklärte mir das dekadente anhängsel. der rote mantel. alle, die neu hereinkämen, würden nach dem roten mantel sehen. sie beide hier, sie wüssten bescheid, und wenn ich wollte, würden sie es mir erzählen.

150

ich lud sie ein platz zu nehmen. bestellte eine runde. sie nahmen es gleichmütig zur kenntnis.

im januar sei das gewesen. am 6. januar, um genau zu sein. erneut war es das dekadente anhängsel, das sprach. sie habe mit so einem schnösel am tisch gesessen. einem oberarschloch. sie hätten den ganzen abend gestritten. geraucht. pernod gesoffen. und gestritten.

und irgendwann dann sei sie aufgesprungen und hinausgerannt.

jawohl, gerannt, bekräftigte das debile anhängsel.

und den mantel habe sie hängen lassen, obwohl es den ganzen tag über geschneit hatte wie blöd.

ihr begleiter sei noch geblieben, habe geraucht, pernod gesoffen, tat, als ob nichts geschehen sei.

wie er später ging, habe er keine notiz vom mantel genommen. natürlich, ein schnösel, ein oberarschloch.

mit diesen worten verließen sie mich wieder. sie hatten ihre pflicht erfüllt.

ich saß und rauchte und trank pernod, meine blicke auf den roten mantel gerichtet.

das wunder geschah nicht.

teilnahmslos, wie nebensächlich wahrgenommen. benno spürte meine stimmung und fuhr bald wieder.

ich ärgere mich über mich selbst, hätte mich nicht so gehenlassen dürfen.

zur strafe: absolute antriebslosigkeit.

ich nehme ein buch in die hand, blättere darin, stelle es ins regal zurück.

nur einmal regt sich mein interesse: eine kleine geschichte, die diego duran mitteilte

(schauplatz: mexiko, zeit: mitte bis ende des 16. jahrhunderts)

der einen indianer seiner gemeinde dabei ertappte, wie er heidnische riten vollführte.

dieser entschuldigte sich. er könne nichts dafür, weil sie (die indios) sich nach wie vor in einem zustand des *nepantla* befänden.

duran, der den zusammenhang nicht verstand, fragte nach. nepantla, das heißt dazwischen, erklärte ihm der indio, und sie verwendeten es um diese bestimmte gefühlslage zu benennen: noch nicht ganz im neuen glauben angekommen zu sein und gleichzeitig den alten gebräuchen verhaftet zu bleiben. ein zustand der neutralität.

ich konnte seinen schmerz nachfühlen und durans betroffenheit.

etwas beklagenswerteres wird schwerlich zu finden sein. neutralität. das ist schlimmer als die leere. die leere spürt man nicht, die neutralität ist quälend, fürchterlich, ohne erbarmen. ich könnte mir keinen größeren schrecken ausmalen. so fühlte ich mich

auswegsuchend

barnum / 19

kunst ist kein schwarzmarkt für augenklappen
(benno)

je n'ai rien négligé

das, so lese ich bei marie luise kaschnitz, sei das
lebensfazit von manet gewesen.
man könnte auch sagen: ich habe nichts
verborgen. und die lüge würde offenbar.
doch belügen wir uns nicht alle? maske, die wir
sind. und hinter allen das eigene, unverwechsel-
bare ich.

der winter

der winter ist eine unausgesetzte gefangen-
schaft.
es gibt weiß und schwarz und alles was
dazwischen liegt.
es gibt kein darüberhinaus.
zwischen schwarz und weiß erschöpft sich das
leben.
ein gefälle, auf dem es abwärts gleitet.
dichter nebel nimmt es auf.

in diesem nebel streckt ein bleicher tod sich aus.
auch wenn es nichts weiter ist als eine illusion.
die agonie des willens. dann des denkens.
ein krampfen, ein zucken.

ich versuche mich zu wehren, dagegen aufzubegehren.
versuche mich in die einsamkeit zu retten, licht auszugießen.
wie gleichgültig das mitleid sein kann.
und wie stark der wunsch sich zu erbrechen.

ein zweifacher glockenton.
ein entferntes rauschen, das verkehr bedeuten könnte.
menschen, andere menschen, die dem nebel zu entkommen suchen.
eine massenflucht, die ich versäumte.

nun - ja.
das war eine momentaufnahme.
es gibt andere sichtweisen. auch von mir. es kann
sich von tag zu tag ändern.
ich mag den januar gut leiden. ich mag, wie der
frost sich den boden krallt, ich mag die vereisten
zweige. dann möchte ich mich verkriechen. doch
ist dies verkriechen keine flucht mehr, es ist ein
ausdruck von wohlbehagen.

dennoch vermisse ich etwas mehr wärme in
meinem bett

im letzten winter hatten wir einen alten
landstreicher zu gast, der hat mir eine geschichte
erzählt. die geschichte von herrn fallstaff, und die
ging so:

immerhin, begann er, gibt es so etwas wie ano-
nymität. in einem altersheim zum beispiel.
allerdings gehören graue haare dazu, ein
gebeugter rücken, gegebenenfalls glasige augen.
also erscheinung gepaart mit schauspielerei.
eine gewisse begabung. ich bin nicht wenig stolz
darauf. auch wenn es manchmal schon recht
anstrengend ist, man wird ja nicht jünger. aber
jedenfalls besser als draußen bei der kälte
umherzuirren.

ein leeres zimmer findet sich jederzeit. es wird anständig gestorben. beim essen ist wieder shakespeare gefragt. herr ... herr ...? fallstaff.
im zweifelsfalle wird man auf die dementenstation verbracht. dort schmeckt es auch. und findet sich ein bett für den mittagsschlaf.
trotzdem träume ich von einem festen engagement. dass ich eines tages vor einem türenschild stehe, auf dem ` herr fallstaff ´ zu lesen ist. träumen wird man doch dürfen ...

wärme

es ist wärme, die fehlt

unruhe, brandschatzung der seele

bin wie satans pudel unterwegs. suche und finde nichts. das lockt.
den inneren kick, der mich ins weite treiben könnte, in dieses licht, das irgendwo sein muss, irgendwo und unbedingt. panik ergreift mich, eine kalte, fieberlose panik. ich lese, denke, tagträume, fühle mich wie eine luftschlange, die sich um etwas ringeln, winden möchte. etwas, das es wert ist.

der tag ist noch fast gar nicht rum, und ich bin ausgeblutet wie der hasenbalg am straßenrand.

den vormittag war ich mit elfriede einkaufen. das mache ich einmal die woche. manchmal fahre ich sie auch zu ihren ärzten hin. davon hat sie eine ganze menge, ich glaube, genausoviele wie die kreisstadt hergibt. elfriede ist nur noch haut und knochen. ihre beine sind so dünn wie storchenbeine. sie ist drei jahre jünger als ich, und doch hat sie alle krankheiten, die man nur haben kann. ohne morphine geht bei ihr gar nichts. die machen ihr die birne matschig. sie sagt es. dann wird es so sein.

elfriede erwartet mich. taschen bereit. und die prospekte. alles was ihr die tage über ins haus flattert. und die beilagen der wochenzeitschrift.

die werden eifrig durchstudiert. da werden pläne geschmiedet, das für und wider kleiner anschaffungen erwogen. die chrysanthemen für 2,99, oder doch lieber den bund tulpen.

es wird ihr mühe genug bereiten. ich sehe sie über den küchentisch gebeugt, die matschbirne in falten.

was noch? zu weihnachten hat sie sich ein neues smartphone geleistet. ich half ihr beim einrichten. dabei habe ich entdeckt, dass sie sogar auf facebook ist. dort quatscht sie mit ihren freundinnen. einige nachrichten habe ich gelesen. einsamkeit. es ist traurig.

sterben sie dir auch alle weg, fragt sie immer wieder. ich möchte ihr nicht zustimmen. ich tu's auch nicht.

wir fahren dahin, dahin, dorthin. und zum friseur. elfriede weiß genau was sie will. auch, dass ich das radio einschalten soll während der fahrt, ich vergesse das manchmal.

zur belohnung erzählt sie mir vom letzten besuch ihrer freundin rosie. es ist die einzige freundin, die sie besuchen kommt. ich kenne sie, von früher schon: die dicke rosie mit ihrem fetten spaniel. nur, dass es früher umgekehrt war. auch bei rosie schlägt das alter schneisen. der spaniel kompensiert es.

zwei und eine halbe stunde beim friseur. zum glück habe ich etwas zu lesen mit, blättere auch in den klatschmagazinen. ich bin es nicht gewohnt und erschrecke über die vielen maskenhaften gesichter. so viel eingefleischtes elend. ja, es steckt ihnen im fleisch, tiefe wundmale. und ich frage mich, welche krankheit menschen dazu bringen mag, sich dermaßen bizarr zu präsentieren. da ist elfriede ja noch richtig gut dran. die plaudert mit ihrer friseurin, plaudert mit mir, während die farbe trocknet. strähnchen müssen sein.

etwas gelten wollen. eine darstellerin sein. einen auftritt haben. wann hört das auf?

etwas erkannt zu haben, bedeutet kein erkennen. es bleibt unter der haut. stachel im fleisch. bis man die lallende zunge wieder entdeckt, das alberne kichern, die kulleraugen eines kindes zurückgewinnt, ganz zuletzt. wenn die sprache aussetzt. doch wer wüsste schon zu sagen, ob man leichten herzens darauf verzichtet. womöglich verbirgt sich hinter dem lallen eine unausgesetzte qual.

es ist noch nichts entzwei gegangen. außer meiner geduld. ich gehe eine rauchen. suche mir einen gully zur entsorgung. beobachte eine alte frau, die sich mühselig aus dem auto zwängt, nach dem haltegriff über der tür tastet, nach der tür, die außer reichweite eingerastet ist, versucht mit den füßen halt zu finden, die bleiben in der luft schweben, verkrampft, thrombös, ungelenk, kein schwung mehr aus den hüften. symptome, die unversöhnlich machen.
doch ist der beweis meines daseins erbracht. ich: an der kreuzung. ich: im kreisverkehr.

blut rann dem hasen aus dem mundwinkel. entblößte zähne.
ich stelle mir die frage, warum der tod grinsen macht. oder sind es nur die umstände des sterbens?

jedes sterben ist unsinnig.
erst der tag nach dem tod zählt.

stimmen. wie soße an der wange. was man los sein wollte.

schuhe abstreifen. beine strecken. stoßseufzer.
hunger nach dicken pfannkuchen mit tomaten,
speck und käse.

dann, endlich, eine zigarette in ruhe, vor dem
haus.
ein rotkehlchen mit winterblasser brust setzt
sich auf den zaun.
es ist alles verblasst, auch der himmel, ein
grauschimmel im gnadenhof.

letztlich ist es nicht der boden unter deinen
füßen, gibt allein die sprache dir festigkeit.
wenn ich mir sage: gut. es sei.

ich möchte herausfinden, in welcher verbindung warten und vergessen zueinander stehen.
ich habe so eine undeutliche ahnung, als würde im warten ein vergessen sein, das kein vergessen ist sondern eine vergessenheit.

es ist doch so, dass sie alles im fluge haben möchte. heute wünschte sie, dass übermorgen sei. schon fängt es an zu fliegen und fließt ihr aus den händen.

so lässt federico garcía lorca die haushälterin von doña rosita sagen.

da tauchen bilder auf aus der schülerzeit. als wir auf der wiese lagen und theaterstücke lasen in vertauschten rollen. wedekinds ` frühlings erwachen ´ ... :

wendla: nicht küssen, melchior! - nicht küssen!
melchior: dein herz - hör ich schlagen -
wendla: man liebt sich - wenn man küsst - - - nicht, nicht! - - -

ein sommer war das, eine sommerwiese. wir hatten decken ausgebreitet, das leben brummte verheißungsvoll, ungeduldig, lebenshungrig, trunken nach erfahrungen.
und in der aula, in der wir übten, haben wir aus tischen und stühlen eine berglandschaft gebaut,

in der wir lustwandelten und heimlich heiner
müllers `hamletmaschine´ übten ...

ich sitze noch dort, auf der wiese
könnte mich vergessen haben
im irrgang der stuhlbeine

neues von klaus

wieder einmal. wenn kirow über die dörfer zieht.
kirow stellt sich ernst vor mich hin und sagt: du
solltest ihn einmal wieder besuchen gehen.
ich sagte: ja.

kweich

ich bin als ein gebrochenes hündchen durch die
welt gekrochen.
es gab fußtritte und beschimpfungen. natürlich
war ich räudig.
natürlich hätte niemand etwas mit mir zu tun
haben sollen.
aber es gab hände, die hoben mich auf.
später haben sie es bereut.
ich gab flöhe ab, bisse, die krätze.
man hätte mich vor die tür setzen sollen.
man hätte mich auf der autobahn aussetzen
sollen.
man hätte mich auf die gleise binden sollen.
nun fangen meine ohren zu faulen an und
stinken.
das haben sie davon.

lysiane

weißt du, sagte sie, wenn es da ist, dann spürst
du diesen kloß im hals. du kannst nichts machen.
als dastehen. nur staunen.

denn nun siehst du, hörst du, spürst du alles, was du dir jemals gewünscht, herbeigesehnt hast. nun ist es da. und es ist mehr als alles. beschreiben könntest du es nicht. doch es findet sich in diesem einen moment, der dich ergriffen hat.

du bringst keinen ton heraus. das solltest du auch nicht, denn du weißt, er würde dein glück zerstören. weglaufen möchtest du. kannst du das verstehen? weglaufen, weil du es dir aufbewahren möchtest. denn unweigerlich kommt die unterbrechung, wird irgendjemand etwas belangloses sagen.

fast hättest du es verstehen können. die antwort lag so nahe.

der matador

es war genug, er hatte es erkannt, auf diesen letzten schrei wollte er verzichten, er würde in sich selbst zurückkehren, schweigend

es war misslungen

wenn zu viel porzellan zerbrochen ist, wer will sich die mühe machen, selbst wenn es zu kitten wäre

wunden klafften, es ist unansehnlich geworden, in welchen schrank sollte man es stecken, lieber gleich auf den müll, dort konnte er seinem herzen einen letzten stoß versetzen

nach einem jahr würden die narben auf seiner haut feine äderchen bilden, ein heilungsprozess,

äußerlich, im inneren würde der schwelbrand
nicht zur ruhe kommen
ausblickend, wenn er verbrennen sollte, darauf
achten, dass niemand ihm nahe sei

brunnmeier

die schwule sau. in dachau hätte er uns beweisen
können, dass noch ein kerl in ihm steckt. geflennt
hat er. ich habe ihn in mein büro befohlen. geh,
sagte ich, und mach dem ein ende. und er ging in
die berge. dort ist er erfroren.
wir haben ihm ein begräbnis ausgerichtet mit
allem, mit horst wessel, wir hatten einen
kameraden.
sein name: otto rahn

kirow hatte recht. ich sollte ihn unbedingt
besuchen gehen.
und nach diesem otto rahn fragen.

schwärme von obstfliegen, maden, kleine schwarze käfer auf dem tisch. ekelgefühl schweben lassen, jetzt bloß nichts herunterschlucken.

ich hatte mal kurz überlegt, ob ich klaus nicht bitten sollte, mit mir in die küche zu gehen, da ist mir aber eine horde schaben durch den kopf gewandert, da habe ich den gedanken ganz schnell wieder fallen lassen.

ekelgefühle. ich hatte es nicht anders erwartet.

otto rahn. natürlich hatte ich mich schlau gemacht. der gralssucher. der feingeist, der den großen gesten der pateitage verfiel. leni riefenstahls pathos. seine karriere in der ss. seine skrupel. sein niedergang. er hatte den gral nicht beischaffen können. uninteressant der mann. schießt ihn ab.

es ekelt mich an.

hitler wollte keinen krieg gewinnen, er wollte krieg führen, den allerdings so lange wie möglich. denn der krieg war die schönste zeit seines lebens gewesen, dieses erlebnis hatte er allen anderen auch gönnen, zugänglich machen wollen. so ein guter mensch. wenn auch gänzlich unverstanden.

guderians depressionen, als 1941 der winter nahte, seine schönen panzertruppen vor moskau

dahinschwanden. er hat das nicht begriffen, natürlich, er war ja nur ein general.
es ekelt mich an.

klaus versteht mich. ich sehe es seinem gesicht an. und es tut mir leid, dass er es versteht. ich kann weder ihm noch mir helfen. er kann weder sich noch mir helfen. so stehen wir uns gegenüber. zwei leid tragende.

was uns beide verbindet:
glücksgefühle. wie sie den sportler antreiben. der drogensüchtige kann es sich leichter machen. zunächst. später wird er zum leistungssportler. der das anzustrebende über jede grenze treibt. wie der schreibende auch. wenn er besessen ist.

und doch, zum schluss: du weißt schon ...
aber ja, ich weiß ...

zwei gequälte lächeln.

ich werde wiederkomnen.
auf jeden fall.

dieser tag

erste begegnung
diesem tag entgehe ich nicht. das spürte ich, als
ich die dicke frau von der toilette kommen sah.
was hatte sie auf meiner toilette zu suchen
gehabt, oder war ich längst schon anderswo, war
ich es, der in ihrem schlafzimmer darauf wartete,
dass sie sich auf mich stürzte.
voller schrecken sah ich ihr entgegen, bekam
einen schweißausbruch, wollte unter die decke
kriechen, hätte ich nicht befürchten müssen,
dass sie mir folgen würde.
stattdessen verharrte ich bewegungslos.
sie trug einen vorne nur spärlich geknöpften
nylonkittel, geblümt, ein exemplar, wie man es
nur aus schlechten romanen kennt.
entgegen meiner befürchtungen schien sie mich
gar nicht wahrzunehmen, als ob ich luft in ihrem
leben und in ihrem schlafzimmer sei.
mit steigendem interesse beobachtete ich, wie
sie sich auszog, das radio anstellte und zu tanzen
begann.
sie tanzte mit einer grazie, die ich niemals
vermutet hätte.
sie war schön und kostbar, ein gefäß, dem ich
mich bereitwillig anvertraut hätte.
ich wollte aufspringen, mich ihr offenbaren, doch
noch immer vermochte ich mich nicht zu
bewegen.
ich war maßlos enttäuscht über meine ausge-
schlossenheit.

zweite begegnung
unsere gespräche waren immer lebhaft gewesen. in letzter zeit beschränkten sie sich seinerseits auf ein laut gebrülltes `nein!´ und einen anderen aufschrei, den ich als schlecht artikuliertes `ich will nicht!´ interpretierte.
trotzdem würde ich nicht den stecker ziehen.
wer die wunder leugnet, wird sie niemals kennenlernen.
ich glaube allerdings nicht, dass es sich mit gott ebenso verhält.

dritte begegnung
manchmal fühlt man sich so hilflos, angesichts eines cellos, befangen.
es ist so riesig und steckt voller töne.
sie lächelte verschämt, als ich ihr die bandagen löste. es stimmte schon, aber um ein cello zu halten brauchte es die füße nicht.

vierte begegnung
wir saßen an demselben tisch, in den ich vor jahren das herz mit unseren initialen eingeritzt hatte.
sie waren noch gut erkennbar, auch wenn andere ihre zeichen hinzugefügt hatten.
in der mitte des herzens, dort, wo sich einst das & befunden hatte, stand nun das wort: yaguar geschrieben.
von unsichtbarem entsetzen befallen, tastete ich darüber hin.
mein gegenüber griff nach meiner hand.

du bist verloren, sagte er.

fünfte begegnung
es hat sich nichts verändert auf der straße. die moospolster sitzen noch immer in den ritzen, wo sie immer saßen.
die beiden männer, die dich in ihre mitte nehmen, hegen keine bösen absichten. sie besitzen weder geld noch waffen.

sechste und letzte begegnung
er besaß noch immer diese süffisanz. früher habe ich ihn bewundert.
er zerrte den geparden dorthin, wo er ihn haben wollte.
ich schoss ihm eine kugel durch den kopf.

das kommt vom vielen denken. dass man die zigarette vergisst.

ortsansässig

bin in meinem zuhause bewandert
kenne die schatten an decken und wänden
verstehe, wie ich die sonne zu empfangen habe,
den regen
höre unterm dach den sturmwind wühlen
sehe die schneeflocken am fenster vorüber-
treiben
weiß, woher die krähen eingeflogen kommen
habe mich eingeflochten in gewohnheiten

gewohnheiten

silberhaarig und bedächtig
wiegen sich im schaukelstuhl am ofen
schmecken nach zimtsternen und lebkuchen
duften wie ein winterpunsch
wenn die tage sich verstecken

schleichen erinnerungen ums haus

es gab eine zeit, da ich mich verloren glaubte
verzweiflung an mir fraß, mich zu verschlingen
drohte
sehr real und unmetaphorisch trocken
wie das leben es gerne haben mag

da versuchte ich gegenzuhalten
habe wie ein holzwurm gebohrt
doch dann
ist es doch wohl eher das glück gewesen

das mich wiederfand
an meinem eigenen ort
der ich bin
der ich zu werden begann
erneut

erneuerung

selbst in tagen, die alt und grau dahergehen
mit wolken, die so schwer sind
dass sie sich auf deinen schultern abladen wollen
es ist eine unheilbare krankheit
der glaube an den silberfaden

schiefmaulig
mit der zunge über die oberlippe streifend
misstrauisch wahrgenommen

hält sich der alte schnee
niemals lange genug
um zu begreifen
dass ein sommer kommt

doch du

ich
weiß das wohl

hör dein flügelsurren
leicht
dass ich alle fenster öffne
damit du verschweben kannst

in der ferne
spür ich deine atemzüge noch
sprech ich mir
leise

du

bist an deinem ort

und dann begeben wir uns auf die reise
um einen dritten zu finden

es könnte die kindheit sein
an einem septembermorgen
wenn alle wolken verzogen sind
und wir strampeln ihnen hinterher auf unseren
rädern
um sie einzuholen, zu überholen

wir könnten uns auf einem schiff begegnen
der mond wäre eben aufgegangen
die sterne spiegelten sich im meer

wie die lichter der straßenlaternen in regen-
pfützen
in london, oder in paris

es gibt kein beheimatetsein
von dauer
unabänderlich
wie die schwalben in den süden fliegen
sind menschenwege unbestimmt

schicksalsflattrig wie ein großer weißer vogel
dessen verrückte kapriolen über zerklüfteten
felsgipfeln

es geschieht
es könnte deiner fantasie entstiegen sein

es gibt wünsche
gewissheiten gibt es keine

so alt ich werde
nach meinem maß und meinem verstehen
suche ich den herbst in den gräsern
lippen, warm und rot
möwen, die am ufer warten
kinder mit aufgeschlagenen knien zu trösten
einen himmel von licht
über einer erde von ockertönen
musik
und ein lächeln, zuletzt
ob das vermessen wäre?

barnum / 23

was mich schon seit längerem umtreibt:
dass benno gemordet hat. einmal, zweimal,
dreimal
andeutungen, mehr habe ich nicht
indizien, hinweise, fetzen papier, zerstückelte
gedanken

fragen
wie es ist, wenn man leben genommen hat
das leben danach, das leben begleitet
traumatisch skrofulös

keine frage von schuld
wenn der flügel nicht zum menschen kommt,
muss der mensch zum flügel werden
plötzlich auftauchende gespenster
kryptagedanken
sehr leicht wird man unterirdisch

angst essen
seele aufreißen
natürlich, was denn sonst
es gibt keine sonnenuntergänge mehr

der gedanke an die hamletmaschine hat mich
wieder darauf gebracht
dass auch benno so viel von hamlet sprach
dass ich den text noch einmal las

wer mordet?

wer tötet?
wer geht in den wald
wer taucht daraus auf

nächtliche autofahrten
nächtliche alleen
nächtliche kanäle
hell und dunkel bilden keinen gegensatz mehr

katharma, das weggeworfene böse objekt
sich entledigen
zum mörder werden, das heißt
alldass erreichen, was wir nie sein dürfen

darum die aufhebung der morgenröte
mit einem male
gibt es nichts eiligeres als licht

sein notizbuch
ich hatte es oft genug in die hand genommen
(der schlüssel zu seiner seele)
(immer hat er es mir wieder fortgenommen, mit
leisem druck)
(lass mal ... ich bin noch nicht fertig damit ...)

es hatte annähernd din-a4-format, einen festen,
dunkelbraunen einband.
es war eine eigenanfertigung, entweder von ihm
selbst oder einem befreundeten künstler.
das papier war handgeschöpft, dick, das buch
noch dicker.

ich beging den vertrauensbruch, vor einigen
tagen, in einem unbewachten moment, öffnete
das buch, fotografierte einige seiten.

das frontblatt
vielmals durchgestrichen, überschrieben
erkennbar, lesbar folgendes:

ich war es mir mindestens schuldig fenster zu
malen
fenster, die in eine andere welt führen, die auf
eine andere welt verweisen
sie öffnen sich mir nicht

eine zersplitterung
ein mond, der wie ein großer stern funkelt

eine wand, ein wall von seismografen, deren
nadeln sich wie von der zittrigen hand eines
irren auf und nieder bewegen, das papier
zerkratzen, dabei einen hohen sirrenden ton
erzeugen wie ein bienenschwarm auf wander-
schaft

die krimtataren und ein mädchen, das karin hieß
ich weiß nicht ob das ausreichend ist für ein
leben

was erwartet mich?
ein licht des unterganges?

des verfalls?
meine gleichgültigkeit mir dabei zuzusehen?
licht, immerhin, das wäre nicht verkehrt
wenn etwas beleuchtet würde
ein kleines stückchen, ein weniges
was ich mir abgerungen habe
wagnis zugleich

was mich erwartet, weiß ich.
neben dem schlechten gewissen sehr viel stoff
zum nachdenken.
doch er ist mein freund. sollte ich ihm nicht sich
verstehen helfen?

tage: unheilbar

fragmentarisches aufblühen
wie ein abszess, eitriges ausgeschossene, es
gehört nicht hierhin
es gehört nirgendwo hin, ist krank, verdorben,
schändlich obszön

stoßweises atmen
als ich erwachte, wusste ich, dass der tag ganz
mir gehörte
und fing nichts damit an
weder dass ich etwas anfing, noch, dass ich etwas
aufzufangen bereit gewesen wäre
ich trieb an der oberfläche dahin, wie ein
verpönter könig
einer, über den sie alle lachen, weil er keine zum
goldspinnen finden kann
doch das geheimnis ist verraten, ein für allemal
dahin

jedenfalls war nun aber gedanklich eine richtung
eingeschlagen, aus der es kein befreien mehr gab
so wunderte es mich wenig, als plötzlich eine
frau vor mir stand, die mich mit heftigen
vorwürfen überschüttete, dahingehend
warum ich sie und unser gemeinsames kind im
stich gelassen hätte
die frau sprach französisch und die frau sprach
schnell, sodass ich wenig verstehen konnte, doch
wurde mir nun klar, wohin die reise gehen
würde

nicht nach paris, falls ich das gehofft hatte, wir fanden uns mitten auf der straße eines unscheinbaren dorfes wieder

sie redete weiter unentwegt auf mich ein, ihre stimme überschlug sich nun gar, wurde immer lauter, was mir sehr unangenehm war

dann führte sie mich in ein zimmer, in dem eine wiege stand

darin ein kleines verhutzeltes männlein, das mir die arme entgegenstreckte

endlich! rief, und mit den fingern schnippte

woraufhin eine ganze schar ähnlicher männlein aus allen zimmerecken strömte und die frau unter sich begruben

es blieb nichts von ihr übrig

die kleinen männlein zerstreuten sich wieder, blieben aber sichtbar und sahen erwartungsvoll zu mir auf

endlich, sprach das männlein in der wiege, das ihr wortführer zu sein schien, werden wir lernen, wie man aus stroh gold spinnt, wir werden ausschwärmen und die ganze welt mit gold überziehen

in diesem augenblick hörte ich eine polizei-sirene, bald darauf stürzten zwei polizisten ins zimmer und schleppten mich fort

nun sitze ich in meiner zelle und bin guter dinge. ich nehme meinen blechnapf in empfang und ritze für jeden tag einen strich in die wand. es ist nur eine frage der zeit

ich verstehe zwar, warum er an der kloster-
mauer kratzte
(wobei offen bleibt, ob er es mit bloßen händen
tat oder ein werkzeug, etwa ein stück holz,
benutzte)
(es heißt, man hört das kratzen heute noch bei
mitternacht)
liebe kann einem schon den kopf verdrehen
andererseits wundere ich mich nicht wenig,
warum nur sie, amelie, diese geräusche hörte
und richtig zu deuten verstand
(und nicht etwa ein zerberus von einer nonne,
die am tor wache hielt)
(denn eine solche wächterin wird es ohne
weiteres gegeben haben)

wir dürfen also getrost von einem wunder
ausgehen

die rede ist von amelie, ich halte sie (meine
ansprache) am ufer stehend, auf ihre statue
deutend, die einer von uns geschaffen hat:
benno.
meine beiden weiteren zuhörer: jutta und kirow.

wir stehen am ufer des wutzsees, hinter uns die
überreste des klosters lindow, das fontane der
einfachheit halber in kloster wutz umtaufte, und
in dem er die schwester des alten dubslav als
oberin eines damenstiftes herrschen ließ.

dieses damenstift - in den wanderungen hat er es beschrieben, seltsam genug muss es gewesen sein, eine domina und vier stiftsfräulein, die sich mehr schlecht als recht zwischen den ruinen eingerichtet hatten. und obendrauf ein storchenpaar.

die alten gemäuer waren also einiges gewohnt.
da spielte es dann auch keine rolle mehr, was sich nun abzuzeichnen begann.

gekommen waren wir, weil ich einen anfall bekommen hatte.
raus aus der bude und hinaus ins freie, frische luft und akazienblüten.
akazienblüten? kirow hatte die stirne kraus-gezogen. er mochte diese anfälle gar nicht leiden, die offenkundige verdrehung der jahreszeiten ließ ihn schaudern
(zum glück bekam ich die anfälle nicht sehr häufig)
(kaum an der frischen luft, bereute ich sie bereits)
benno sprach mich blankweg des verstandes frei
(wollte aber mitkommen, der amelie zuliebe)
(obwohl er sich für seine alten arbeiten, es sei denn er gebrauchte sie zu werbezwecken, nicht mehr interessierte)
(nach vorne sind die scheinwerfer gerichtet, sagte er)

amelie. da stand sie fröstelnd im wasser
(ihr gewand bestand ja nur aus kaltem stein)
lugte hinterm kahlen schilfgürtel, uns den
rücken zugewandt, aufs wasser hinaus, auf den
see. warum? und wo blieb der jakob, ihr
geliebter?
benno war nicht interessiert: abgesoffen, bevor
er überhaupt ans ufer kam. darum hält sie auch
einen blumenstrauß in der hand
(das wusste nur er, wir konnten es von unserem
standort aus nicht sehen)
nein, nein, widersprach ich, die flucht ist
gelungen.
kirow erwog das für und wider der wälder. selbst
wenn man sie nicht verfolgte ... er schüttelte den
kopf
(nicht ohne bedauern)
jutta sprach sich vehement für die hansestädte
aus. sie werden es geschafft haben, nach rostock
oder stettin.
ich stimmte zu und verstrickte mich im gespinst
der möglichkeiten
(benno erledigte mich elegant mit dem reichen
erbonkel aus amerika)
(im stillen hatte ich mich längst kirows pessi-
mismus ergeben)
(hielt aber jutta zuliebe noch etwas stand)

bis uns die füße abzufrieren drohten. also kehrt.
und mittagessen gehen.
wohlgenährte eichhörnchen sprangen über die
mauern.

ein kratzen hörten wir keines.
wollten auch nicht bis mitternacht warten
(nervöses füßescharren)

es gab forellenbrötchen und potsdamer stange.

ich fahre nach berlin

ich habe einen anruf erhalten. von einem herrn,
der sich als betreuer meiner frau vorstellte.
ja, ich hatte eine frau, lange ist es her. die mir
nicht in den gulag folgen wollte.
sie war eine gläubige kommunistin.
darf man das so sagen?
ich sage es, und sage es ohne häme oder neben-
gedanken.
zuerst habe ich sie mitsamt der alten fotos in die
hinterste ecke gestellt.
später habe ich sie vergessen.

der betreuer schien ein engagierter junger mann
zu sein. er habe meine adresse ausfindig gemacht, sie hätte sonst keine verwandten.
dann hat sie also nicht wieder geheiratet, oder ...

demenz. sagte der engagierte junge mann. sie
hätte nicht mehr alleine in ihrer wohnung leben
können. überall essensreste, insekten, mäuse,
mäuseköttel auf dem küchentisch ...
ich unterbrach ihn dankend ...
ob ich sie nicht einmal besuchen könnte, sie lebte
nun in einem pflegeheim in marzahn. freilich
könne er nicht garantieren, dass sie mich
wiedererkennen würde.
ich sagte zu.

so bin ich nun auf dem weg nach berlin. mit
benno. der sich mir anschloss, seine mediatorin

zu besuchen. und überhaupt ... berlin. wie er das sagte, bekam er glänzende augen.

ganz so groß war meine begeisterung nicht. aber ich bin schon lange nicht mehr dort gewesen. wäre mal wieder reif für den moloch.

ich werde mich im 11. himmel einquartieren. habe schon reserviert. marzahn. die plattenbauten.

so viel schnee. es war vorhergesagt. als wir losfuhren, hatte es noch geregnet, und ich hatte geglaubt, dass wir damit durchkommen könnten, entgegen der prognose. da hatte ich mich geirrt. aber gründlich. der schnee kam mit macht. große, dicke flocken, die aufs autodach klatschten. dichte flocken. die scheibenwischer kamen kaum dagegen an. verklebten, strampelten, hockelten, klapperten. im nu hatte sich eine dicke schneedecke gebildet, gab es nur noch weiß, ein weites landfüllendes weiß. ich liebe den schnee, und ich liebe es im schnee auto zu fahren. nicht aus ästhetischem empfinden, aus abenteuerlust. denn da heißt es voll konzentricrt zu sein. eine klitzekleine drehung am lenker (sie muss nicht einmal falsch sein, nicht unter normalen bedingungen) kann fatale folgen nach sich ziehen. man muss sich auf den schnee einstellen, seinen unberechenbaren charakter vorausahnen.

je länger wir fahren, desto verheerender sieht es aus. der schnefall nimmt weiter zu. überall hängen sie im straßengraben fest, fast an jeder kreuzung hat es gerummst. auch ich komme dreimal ins schleudern, einmal muss ich sogar auf die gegenüberliegende spur ausweichen, sonst wäre ich auf den vor mir fahrenden aufgeknallt. schwein gehabt, dass gerade keiner entgegenkam.

das sind so die momente, wo man schicksalsgläubig werden könnte. oder überhaupt gläubig. nun ja, irgendwo hier in den wäldern wird wohl noch so ein alter wendischer wintergott hausen, mit unaussprechlichem namen und einer hermelinfellmütze. kirow kennt ihn bestimmt.

bald sind wir am ring. dort matscht es gewaltig. ein einziger stau. aber der ring kümmert uns nicht. rinn in die stadt. französisch buchholz, niederschönhausen. dort habe ich mal gewohnt. in einer anderen zeit. einer anderen welt.

bennos mediatorin wohnt am prenzelberg. ich hätte es mir denken können.

senefelderplatz soll ich ihn rauslassen.

und wenn sie nicht da ist?

benno möchte nicht, dass ich warte.

er beklopft mein rechtes knie, steigt aus. ich fahre weiter.

wohl ist mir nicht dabei. aber was benno ganz bestimmt nicht braucht, ist ein kindermädchen. er kennt hier alle winkel, alle löcher.

ich drehe ab richtung lichtenberg, landsberger allee. was mal die leninallee war.

der leninplatz, der nun platz der vereinten nationen heißt. dort hat sein denkmal gestanden. im film ist es abtransportiert worden. ich spule die bilder ab, grinse, nein, nicht nur im film. rache ist süß. die menschheit ist bescheuert.

ich beginne mich einzugewöhnen, mich dem tempo der straße und der stadt anzupassen.

so eine stadt schwillt ja an wie ein bach, wenn der schnee zu schmelzen beginnt.

der spült dich irgendwo an, und es ist plötzlich ganz still geworden.

ich bin in berlin / 1

die stille, das ist marzahn. fast mucks-
mäuschenstill. und wie geduckt unter den
hochragenden häusern gehen die menschen. so
klein. so winzig. so geduckt. mit schneeflocken
bedeckt. ich. darunter. meine herberge zu
suchen. sie ist dort droben. ich habe das haus
gefunden. es ist 11 stockwerke hoch. dort droben
also. wo das weiße seine kräfte bündelt. blendet.

der wind bläst, bläst
berlin in augen, ohren, mund
gründlich, gründlich

die kleinen geräusche gehören zu dir
sagst du
sind deine geschwister, artgenossen, anver-
wandte
das ticken der alten pendeluhr
während du im badezimmer das duschzeug aus
dem beutel suchst
die zahnbürste, die zahnpasta

dein zimmer, das ist alice's zimmer
und die pendeluhr ist alice's uhr
das weiß du, weil auf das ziffernblatt ein bild
aufgeklebt ist
vom weißen kaninchen, wie es die taschenuhr
aus der rocktasche zieht
und das taschentuch
und sich den schweiß von der stirn wischt

und weil dein zimmer alice's zimmer ist
weil alle zimmer im 11. himmel motivzimmer
sind
und auf deinem zimmer alice's zimmer steht

ach, denkst du
das ist ja schön
und verwurschtelst dich im
mein dein sein
bleibst am sein hängen
wie am seidenen faden
sein, denkst du
sein müsste man können
man müsste das können
sein können
nicht einfach nur
sondern können
sein
ach, du
sagst du zu dir
und dann wird das du zum ich

aber das ich will nicht so recht mit
das gebärdet sich
das widerspenstelt
das behauptet sich
das behauptet sich, mir gegenüber
dass, wenn es nur mit dem denken ginge
sich was machen ließe
sich was gestalten ließe
was gestalt fände
wenn was an der gestalt gefallen fände

wenn nur die schneeflocken anders fielen
doch die taumeln zwischen den betonwänden
verlieren fortwährend ihre richtung

schon mal den kopf so leer gehabt, frage ich
aber freilich: damals
des damals gibt es viele, reichlich

sie / 1

sie trug balettschuhe
das war das erste, was mir auffiel
und dass sie mit den füßen tänzelte
den oberkörper stoßweise bewegte

so kam sie mir entgegen
nachdem ich geklopft hatte, dann eingetreten
war
ein willkommen lächelnd die haarsträhne
drehend
dann in den mund gelegt
verlegenheit, ein nichterkennen, wie vermutet
wir setzten uns an ihren kleinen runden tisch

sie hatte sich die fingernägel abgekaut bis zur
blutschwemme
sie trägt eine für ihre magere gestalt viel zu weite
verschlissene baumwollhose

meine mondhose
sagt sie
ohne den kopf zu heben

nun erkenne ich es auch
rote monde auf ehedem weißem
nunmehr ins grau verblichenem grund

einen wollpullover von irischen schafen
beige
mit tintenflecken vor der brust

darüber ein ärmelloses jäckchen
fellimitat

sie wischt sich die haare aus der stirn
hinterlässt eine blutspur auf der nasenwurzel

die haare
ehemals blond
sind mattgrau geworden
ungekämmt
ausgetrocknet
doch immer noch lang
ich möchte sie berühren
darüberstreichen
möchte sie seidig machen
wie einst

ich bezwinge mich

sie vertieft sich in das notizbuch
das ich ihr mitgebracht habe
das nun vor ihr aufgeschlagen liegt
die seiten leer

es ist leer
sagt sie

sie nimmt den bereitliegenden stift zur hand
leer
schreibt sie
und reicht mir den stift

sollte ich die leere mit zeichen füllen?

ich könnte bäume malen
einen see
darüber eine sonne
wie kinder es tun

eine sichtbarmachung
des deutlich gegliederten

dies ist ein haus

wie im lesebuch
einen neuanfang machen

in diesem haus wohnt die marie
auf dem dach sitzt die katze
im wald gehen rehe spazieren
die enten schwimmen auf dem see

so war es
so muss es einmal gewesen sein
ein einfaches sein
das ohne fallgruben auskam

später tauchten lehrer auf und verteilten noten
die ärzte stellten rezepte aus

ich möchte mich schneiden
sagt sie
und schaut mich an

als erwarte sie
dass ich ihr ein messer reiche

das also sind ihre augen
denke ich

ich bin erst glücklich wenn ich fertig bin
sagt sie

ihr körper beginnt wieder zu wippen
ich gehe
ich verabschiede mich

du sitzt in einem wartezimmer, aus dem du nicht
aufgerufen wirst.

menschen kommen und gehen. man verwickelt
dich in gespräche. fragt nach deinem woher, dem
hund, den kindern, dem befinden. du verstehst
nichts von alledem.

menschen kommen und gehen. du blätterst in
magazinen. du versuchst zusammenhänge
herzustellen. dir fehlen die begriffe für beinlose
säuglinge und brennende müllhalden.

auf einem regalbrett stehen einige bücher. die
fangen an zu stinken. dir wird unwohl. du tastest
nach dem griff deines stuhles. willst dich
erheben. willst weg. weg. irgendwohin. erneut
fehlen dir die begriffe. du klammerst dich fest. du
suchst und marterst dich. ein irgendwo. es muss
doch ein irgendwo geben. einen ort, wo
königinnen ihre juwelen versetzen.

unregelmäßigkeiten der haut, runzeln, hervor-
tretende äderchen, alterserscheinungen, ich
nehme sie mit einem gewissen schrecken zur
kenntnis (man bleibt ja doch eitel)
nur um sie dann mit dem handtuch abzustreifen,
allerdings
sollte ich mir etwas mehr bewegung verschaffen
ich könnte weniger trinken und rauchen
gute vorsätze
ich klappe sie zusammen und deponiere sie
hinter der zahnpastatube

vor dem frühstück nehme ich den fahrstuhl
abwärts geht es
gehe ich vor die tür
eine rauchen
der schnee hat ausgesetzt, doch der wind
schneidet, schießt mir in die haut wie die
geschosse einer erbsenpistole
es gibt nichts, das die unendliche schwermut
besser beschreiben würde, als der zusammen-
geballte schnee am straßenrand
kaum zwei tage liegt er, schon hat sich eine
hässliche schwarze schicht darauf nieder-
gelassen
schwarze krümel
der großen stadt
schmutz
zwei zerzauste dohlen haben sich einen gelben
sack aufgebrochen

die straßenreiniger warten feixend bis die ver-
sorgung gesichert ist
schlupflöcher
in der stadt des stacheldrahtes
den gebückten

zu denen herabgestiegen ich bin
hätte bleiben sollen droben
wie ein engel
doch engel wissen es nicht besser
sind glücklos seit zeiten
mühen sich weiter
das ist, was sie von gott unterscheidet
weil es ein dennoch gibt
weil das leben ein dennoch ist
beschichtet mit traurigkeiten

frühstück beendet, zweite zigarette geraucht,
rausche im fahrstuhl hoch in den himmel
komme nicht umhin mich ein weiteres mal zu
betrachten
sauge meinen anblick auf
tiefschürfend
sieht es gar nicht so schlecht aus

ich schneide mir eine grimasse
denke

man folgt so gerne seinen irrtümern
folgt ihnen im kreis
was daran liegen mag, dass man seine
nasenspitze bestenfalls ahnen, nie sehen kann

dort, gleich um die nasenspitze, kreisen sie

einwand: wenn du in den spiegel siehst ...
verstecken sie sich
kriechen dir in die nasenlöcher, den mund
siehst du: darum grinst du so schief

jetzt, sage ich, ist schluss damit
für dieses jetzt
was aber nichts zu heißen braucht
die märchen können auch später noch ereignis
werden
jetzt
fahre ich ins pflegeheim
danach
geh ich mich besaufen

dann wird märchenzeit

sie / 2

sie
tänzelt mir entgegen
lächelnd, sagt, dass sie sich freut, also
erkennt sie mich wieder
ich frage sie, sie
ja, ich erkenne dich, du, du
bricht ab, und besinnt sich wieder
berichtet von wunderbaren neuerungen
der jungen pflegerin, die ihr die haare zum zopf
gebunden hat
es ist so viel praktischer, lächelt sie
ringelt das zopfende um ihren zeigefinger
aber auf nackten füßen tänzelt sie
das beunruhigt mich
ich sage ihr, dass sie sich bitte setzen soll
sie setzt sich, brav, legt die hände in den schoß
ich ziehe ihr strümpfe an, ihre zehen
haut und nägel sind wie verbeult, rauh, borstig,
gebrochen
es tut mir in der seele weh
schnell streife ich ihr die ballettschuhe über die
strümpfe

sie
lächelt, wippt
ich habe geschrieben, sagt sie
zeigt es mir aber nicht
obwohl sie das notizbuch nun öffnet
den kugelschreiber, den sie unter den deckel
geklemmt hatte

umständlich löst
die finger wollen nicht so

ich spüre, sie möchte, dass ich es möchte
und darum frage ich sie, und sie schiebt mir das
buch auf meine seite des tisches

ich schenke ihr etwas bananensaft ein
dann mir
beginne zu lesen, sie schreibt:

ich habe angst, dass jemand kommt, mit seiner
fühllosigkeit, und ich zu stein erstarre
die menschen sind wie kleine schreckhafte vögel
wenn sie zu flattern beginnen, zittere ich mit
ihnen
manchmal wieder glaube ich, dass die menschen
auf stelzen gehen
sie schauen auf mich herab und schimpfen mich
aus wie böse eichhörnchen
aber dann meine ich, dass dort ein tal sein
müsste, in das ich hinausgehen sollte
denn die blumen duften so süß
die blumen ziehen mich zu boden
ich spüre, ich bin noch nie so glücklich gewesen
außer früher vielleicht, als ich noch im mutter-
leib war

weiter hatte sie nicht geschrieben
ich schaute sie an, sah ihre augen, die lagen
eingebettet in sanftem grau

nur ihr mund ein wenig verbogen, wie spöttisch,
doch mehr um sich selbst verlegen
du, sagte sie, du
ich bin so vergesslich geworden

dann bin ich gegangen
wusste nicht
ob ich ihr märchen suchen sollte, oder meines
es würde wohl keine rolle spielen, wenn ich nur
ein märchen finden könnte, irgendeines

verirrt

und dann habe ich mich verirrt
weil meine tränen mich blind machten
weil meine tränen mir ihren weg suchten

ich war so tief in mir drin
dass meine schritte gehorchten

und plötzlich fand die große stadt ein ende
sie lag hinter mir
ich sah sie nicht mehr

ich stand vor einem feld
einer landschaft
einer offenen landschaft
einer öden landschaft
einer dummen landschaft von kälte
aber

man soll eine landschaft nie gering erachten
es könnte sich ein verzaubertes schloss in ihr
verborgen halten
ein gormenghast, ein ugrino

und dort drüben, dort, und noch ein stück weiter
dort muss werneuchen liegen
dort hat der alte schmidt gewohnt
und der goethe und der fontane haben ihn
bespöttelt
wegen seiner einfachen verse
aber im stillen mochten sie ihn doch

haben ihn wohl gar beneidet
wegen seiner schlichten liebe zu den menschen
und der landschaft, in der sie und er wohnten
dieser landschaft, die da vor mir ausgebreitet
liegt

und wohnt nicht auch der mann dort, der die
mauer öffnete
wenn er noch am leben ist
er ist dort hingezogen, weil ihm in berlin die
miete zu teuer wurde
so habe ich es gelesen
der mann, der die schranke heben ließ
bornholmer straße, 9. november 1989, kurz
nach 23 uhr
und dann hat er sich in einen einsamen raum
verzogen und hat geweint
so habe ich es gelesen
und 20tausend arbeiter und bauern entströmten
dem arbeiter&bauernstaat
nach nebenan, wo es die bananen gab

und brigitte helm ist dort zur schule gegangen,
die maria
das mensch-maschinenwesen, die verkünderin
einer versöhnung
metropolis
der film ist ein flop gewesen
auch der ansatz falsch
fraglich die quintessenz
mittler zwischen hirn und hand
wer soll denn das hirn sein?

hitler, stalin, ford und trump?
schöne hirne wären mir das

doch sie sind es, die realitäten schaffen,
unübersehbar
die flugplätze, die maschinenparks, die
lagerhallen
phrasen und fratzenhaftige unmenschlichkeit

dass es einen unterschied gibt
ob eine maschine brummt, ein bankkonto sich
füllt
oder ein mensch lacht

wie freundlich mir doch der alte pastor
herüberleuchtet

zurück

ich drehte mich um
bekam eine schockstarre
riss mich zusammen
zündete eine zigarette an
ging darauf los

eine straße schluckte mich auf
betonplatten
die mich an ein früher denken ließen
an die geräusche, die sie von sich geben
wenn man mit dem wagen darüber fährt
von platte zu platte
berliner geräusche der 70er
kratum-kratum
im rückspiegel die vopo-streife
es ist ja alles ein früher hier

die kneipen waren von einer tristesse, die selbst
mich abschreckte
(wenigstens heute, jetzt)
ich könnte zu aldi gehen und mich zu den
anderen stellen
dort würde es sicher märchen zu hören geben
(doch es fehlte mir die überzeugungskraft)
auch die dönerbuden lockten mich nicht
ich wollte die alten männer nicht beim pisti
stören
und ihren träumen von anatolischen steinburgen
(hatte ich hier nicht ein ganz eigenes gebirge vor
der nase)

tristesse
ich hatte mir mein stichwort gegeben

ich lief
und fragte mich mein einmaleins der schrecken
ab

die straße aus licht löst sich in dämmerung auf
die straße aus licht ist um die ecke gebogen
das licht biegt sich nicht mit
wo es eben noch das aroma von autoreifen
ausleuchtete
steht hier eine frau mit steinernem blick
die tauben füttert

ich würde wohl in den himmel flüchten müssen

ging aber weiter
wie ein spürhund einer blutspur folgt

ein haufen gerümpel
zerbrochene fliesen
zertrümmerte klodeckel
spülen
menschen mit mündern, die wie aus fleisch
geschnitten sind
menschen an fleischerhaken

am ahrensfelder fand ich eine cocktailbar
rauchen konnte man da auch
sah gemütlich aus
(also ideal)

einen mojito bestellen
an havanna denken
tristesse
rohrbrüche
wasserflecken
ein saxofon hellt mich auf
versinkt im spleen von zigarrenrauch
am malecón zu sitzen
das wasser aufschäumen zu sehen
brechungswinkel ohne beanstandung

geht doch

mojito

an havanna denken
mit dem strohhalm im pfefferminz stochern, die
eiswürfel klingen lassen
mir
ein konstrukt erschaffen
ein gefühl aufbauen
ein drehbuch erfinden
dann
bilder zum laufen bringen
kopfsteinpflaster
perspektivrichtung: geneigt
nach einigen seitenblenden ein leichtes
aufrichten
eine enge gasse erkennend, voraus
noch im undeutlichen liegend
bei annäherung sicht- und lesbar
ein schild
die bodeguita del medio ...

im pfefferminz stochern

dekonstruktion
was nichts anderes zu bedeuten hat, als: das
eben erschaffene aufzuheben, loszubinden
alle gebäude der altstadt von havanna, deren
stein, beton und stahl
zerbröseln, zu staub werden lassen
auch mein gedankengebäude
das ich nun als brüchig, fehlerhaft empfinde
aus dem gedächtnis radiere

nein, einwand: wohl doch nicht ganz
denn
womöglich werde ich es nur verlagern
den plan vorübergehend beiseite legen
den gedanken im parkhaus schmoren, auf dem
rangierbahnhof stehen lassen
er wird verschoben

so möchte es jacques derrida

jedoch immer (immer) unter der
voraussetzung, es zur wiederverwendung bereit
zu halten
und darin werde ich ihm gerne folgen
auch (und nicht zuletzt) weil er die
dekonstruktion als kunst bezeichnet
denn was wäre kunstvoller als das unmachbare
anzustreben, dem unmöglichen nachzugeistern
in wort und tat und bild
decouvriere ich mich

denn
(so erinnere ich mich gelesen zu haben)
es besteht in dieser welt eine paarung
vergangenheit versus zukunft
(wobei das wörtchen versus, befremdlich
genug, keinen gegensatz, sondern ein
miteinander, ein miteinander ins gespräch
kommen, ein sicherganzen zu repräsentieren
hat)

angeblich soll sich daraus eine vorzukunft
ergeben, was auch immer man sich darunter
vorstellen sollte
ich entscheide mich für eine art von gegenwart
(aber nur eine art)
in der stecke ich

ausdrücklicher:
mojito versus glas ergibt eine neue bestellung

es geht immer (immer) noch etwas tiefer hinein
ganz gut, soweit

oder auch nicht

denn

was, wenn ich jetzt träumte, einzig im traum
hier säße
und die realität
(falls es überhaupt noch eine gäbe)
nur noch als traum aufblitzte, aufschäumte

wenn ich die realität in träume tauchte ...

ach, geh
sag ich, es
war ein langer tag, der will ein ende
aber ich will nun keines mehr
denn nun sind die gedanken ins laufen
gekommen

und so gibt es kein halten mehr
es wird konstruiert und dekonstruiert, auch
destruktiv gefeiert
wie ich nun meinen alkoholspiegel steigere,
schluck um schluck
und die eiswürfel knallen gegen das glas,
drohend wie eisberge

gestochere

ja. nichts anderes als das. ein wildes herum-
gestochere in der pfefferminze ohne sinn und
ziel.

aber so weit war ich doch längst gekommen,
nichts neues also, hätte ich sagen können, wenn
da nicht benno plötzlich hinter mir gestanden
hätte, mir auf die schulter klopfte.

wusste ich's doch, dass du nur hier sein könntest,
sagte er, dass du dich heute besaufen würdest.

eine behauptung, die ich natürlich aufs
energischste bestritt und ihm die sache mit dem
konstruieren und dekonstruieren zu erklären
versuchte, was mich (wenig verwunderlich, da
ich's ja selbst noch nicht auf die reihe bekommen
hatte) maßlos überforderte, darum ein wenig
zänkisch machte.

benno, der sich inzwischen zu mir gesetzt und
einen daiquiri bestellt hatte, ging auch nicht
weiter darauf ein, stieß mein glas leicht an
(dass es klingelte)
(keine drohenden eisberge mehr)
nahm einen tiefen schluck und steckte sich eine
zigarette an.

ich bin, als ich vorhin die treppe der u-bahn
runterkam, einer weißnärrin begegnet, vielmehr
er setzte das glas ab und starrte dem
zigarettenqualm hinterher, den er in gekonnten
kringeln in den gummibaum blies, der sich im
fenster langweilte
sie ist mir um den hals gefallen ...

eine weißnärrin ... in berlin ... sonderbar ... oder auch nicht, wo wir uns doch dem höhepunkt des karnevals näherten ... und in jedem fall doch wohl eine, die es nach berlin verschlagen hatte, die nun das heimweh packte ... doch woher benno wusste ...

ich habe mal eine skulptiert, sagte er.

skulptiert, skalpiert ...

ich verwirrte mich, hätte beinahe den anschluss verloren.

nachdem sie mich umarmte, nahm sie ihre maske ab, hörte ich ihn gerade noch sagen ...

schön, sagte ich ...

natürlich war sie schön.

was ich gar nicht hatte wissen wollen.

sie hat mich geküsst.

natürlich hat sie das.

dann ist sie in die bahn gestiegen.

und wird nun auf dem weg in ein verschneites schwarzwalddorf sein.

bennos blick
auf den gummibaum
auf mich
aus dem fenster

in dem ich nichts als das spiegelbild des gummibaumes erkennen konnte.

ich bin bereit für das, warum benno gekommen war zu erzählen.

und benno erzählte

es war der mord, auf den ich so lange gewartet
hatte, bennos mord, doch nicht benno, der
gemordet hatte

es war schlimm
es war schlimmer, als ich es mir je hätte vorstellen können

es war ein doppelmord, der als aufgeklärt galt
aufgrund falscher schlüsse einem flüchtigen
psychopaten zugeschrieben wurde
der sich kurz darauf selbst das leben nahm
benno allein wusste, wer die eigentliche
mörderin war
auch diese wusste nicht, dass benno wusste
er hatte zu niemandem davon gesprochen
ich war der erste, der es erfuhr

ich verstand bennos beweggründe
verstand sehr wohl, warum er geschwiegen
hatte
sein sich abquälen daran
die zunehmenden furchen in seinem gesicht
während er erzählte
sein mehrmaliges stocken
sein schweigen
nachdem er zum ende kam

es war schlimm
es war schlimmer noch

wir blieben sitzen, tranken
einen mojito, ich, benno seinen daiquiri
schweigend, rauchen

ich brachte benno zur u-bahn, wir nahmen uns in
die arme, schweigend
benno fuhr davon
ich ging durch dunkle, menschenleere straßen
düster, rauchend, hüstelnd, atem auswerfend
stieg in den 11. himmel hinauf

träume

als ich zurück auf meinem zimmer war,
versuchte ich aufzuschreiben, was benno mir
erzählt hatte.
es gelang nicht.
ich setzte einmal, zweimal, dreimal an.
keine chance. es war hoffnungslos. es war
schlimm und wurde mit jedem versuch nur noch
schlimmer.
ich weiß nicht, wie lange ich daran herumnagte,
es kam mir wie stunden vor, ich quälte mich
ohne ende, meine ohnehin angekratzte
stimmung schlug in verzweiflung um.
schließlich gab ich auf, rauchte noch eine
heimliche zigarette am fenster, zog mich aus,
warf mich aufs bett und fiel ohne nochmal piep
zu sagen in einen unruhigen schlaf, der in eine
sequenz von träumen überging, die in einer
beängstigenden fülle und intensität einer den
anderen jagten.

erstens:
ich sehe mich in einem hotel, es könnte auch eine
pension sein. altenglisch, ein wenig angestaubt,
fast verkommen, aber nur wie von einem zarten
hauch gestreift, der gleichermaßen seine gäste
umgab. die alten damen mit fascinator und
spitzenhandschuhen, die alten knaben mit
schottisch karierter mütze.
es war - nett. das kann man nicht anders sagen.
ich hatte mich bereits darin einzurichten

begonnen, als ich jemanden laut: scheiße! rufen hörte. und noch und noch einmal. lauter und - verzweifelter klingend. so sehr, dass ich ohne weiteres besinnen losstürmte, um dem armen kerl zu hilfe zu eilen (denn um eine männerstimme handelte es sich).

ich öffnete eine tür, hinter der ich die stimme vermutete.

mir quoll scheiße entgegen. sehr viel scheiße.

worin der arme kerl bis über die knie steckte, stapfte, mir entgegentaumelte.

ich flüchtete mich aus dem traum heraus ohne ihm unter die arme zu greifen.

hatte kein schlechtes gewissen dabei.

nur den pelzigen abdruck im gaumen, den ich für sekunden gefühlter ewigkeiten nicht los werden konnte.

stürzte mich in den nächsten traum

in dem ich

zweitens:

benno am wasser knien sehe und in seinen gedanken lese:

ihr gesicht im wasser. wie die lady guinevere. bleich und schön. lange kann sie nicht darin gelegen haben. ihr gesicht. es steigt auf aus dem wasser. und sinkt zurück. wellengebrochene konturen. ich hole den skizzenblock heraus und beginne zu zeichnen. eilig, hastig. doch es besteht kein grund zur eile. keine hast. bis die polizei auftaucht, werde ich sie treiben lassen. weil toten gesichtern etwas lebendiges bleibt.

drittens:

es sei ein guter tag zum sterben, dachte ich, und fuhr einfach los.

ich drehte die musik voll auf. mahlers achte.

ich fuhr bis zum sonnenuntergang.

da sah ich das schild: zum see.

ich bog ab zum see. ich erreichte ihn kurz vor dunkelwerden.

ich fuhr bis ans ufer hin. stieg aus. streifte meine kleider ab. tauchte ein in den see.

der war kalt. eiskalt.

und das wasser, dieses eiskalte wasser, löste mir den mund. ich schrie.

und alle freude kehrte zurück, die ich vermisste.

das wären die drei, an die ich mich noch einigermaßen erinnerte, wohl weil sie die letzten in der sequenz waren, diejenigen, die ich bereits im halben dämmer erlebte.

den ich auszudehnen suchte so lange es mir möglich war.

wie im fieber wälzte ich mich, schweißgebadet schließlich, fiebrig.

es war fieber.

es war einer dieser ausbrüche, die einen zu boden gehen lassen.

da man bereits liegt, liegen lassen wie eine plattgetretene milchtüte im abflussgraben.

knietief in der scheiße stecken

nicht dran rühren
zu entkommen suchen
es versuchen
indem ich mich dehne
strecke
bis zur bindfadendürre
bis die auflösungsschmerzen unerträglich zu
werden beginnen

um die mittagszeit tauchte ich aus dem
gedankenschiefen dämmerzustand auf
schlief aber gleich wieder ein
traumlos diesmal
angespannt dennoch
innerlich wachsam

das ungeschriebene nicht vergessen können
das unaussprechliche ungeschrieben machen

keine träume weiterhin
nur müll
der abflussgraben
pelziger geschmack

ich wache auf

abend ist es
dunkel ist es
kalt ist es
mir ist schwummrig im kopf

wohin?
lautet die frage
weg
heißt die antwort

zweifel
eine abbruchkante
geröllschichten

mir kommt der gedanke, dass ich mich nicht nur
sukzessive, sondern sehr plötzlich und
ausgesprochen expressiv zu tode saufen sollte
mir kommt der gedanke, dass diesen gedanken
schon sehr viele gedacht haben
nicht nur dachten, sondern in die tat umsetzten

margariten ist ein sammelname für eine gruppe
von margareten

schmetterlinge leben gefährlich

blond ist die verzweiflung
schwarzköpfig die trübsal

ich mag es nicht leiden mich selber anzu-
schwindeln
kann es aber auch nicht lassen

sollte mir darum überlegen
einfach mal die flanken ins leben zu schlagen
das klingt gut und unbestimmt genug
mich über die nächste viertelstunde zu retten

nach einer viertelstunde die entscheidung:
amsterdam

warum nicht

ich, kurz entschlossen, rufe kirow an, der ist da
ich: muss in die kirgisische steppe, dringende
sache
kirow: geht klar
ich: melde mich
kirow: wir kommen schon klar

klar kommen sie klar
besser als ich

schlafen

aufwachen

bei booking was bestellen
frühstücken
auschecken
losfahren

unterwegs

im radio, egal ob mdr, ndr oder wdr tobt sich das gemeine schicksal aus. havana, oh na na ... i´ m shoutin´ from the rooftop, baby ... ooh, ooh, ohne erbarmen. wie die autobahnen. kümmernisse. knüppeldämme. knüppel aus dem sack. knüppel zwischen die beine. stolperfallen. auf jahrzehnte angelegte baustellen, deren fertigstellung ich nicht mehr erleben werde.

es muss wohl ein geheimes sadoministerium geben. die hecken das aus.

es passt nur zu gut. wie hier, so in allem: das land der baustellen. des unausgegorenen, unver- dauten. ein einziger jammer.

in holland wird es anders werden. mehr vielfalt. mehr freie fahrt.

kurz vor der grenze wird es bereits exotisch. lustige ortsnamen: hamminkeln. ich schwärme.

kurz nach der grenze wird zwolle zum liebling erkoren.

und - ja! freie fahrt. und endlich auch abwechs- lungsreiche musik.

um utrecht rum wird es voll. die a10, der ring um amsterdam, scheint dicht. die navigatorin mit der angenehm ruhigen (und beruhigenden) stimme, die ich nun zu rate ziehe, lotst mich nach haarlem hinüber und dann von westen her in die stadt. das gelingt ohne weiteres. ein kluges fräulein ist sie.

finde mich gut zurecht. brauche ja auch nur nach der mühle ausschau zu halten.

dort werde ich wohnen. auf einem hausboot. auf der gracht. unter der mühle.

nein, eine gracht ist es nicht. es ist ein kanal, der ist breiter als die grachten es sind. der westelijk marktkanaal.

das hausboot sei nur zu fuß erreichbar, hat man mir geschrieben. also suche ich einen parkplatz nahebei im vredenhofweg. ich bin früh dran (von wegen der freien fahrt), also erstmal ohne gepäck zum hausboot hin, vielleicht ist ja jemand da.

das hausboot liegt verwaist. da heißt es warten. nur wo? vielleicht im westerpark, in der alten westergasfabriek, da soll es allerhand geben, sagt google-maps. es wird schon etwas geöffnet sein.

gut 600 schritte bis dorthin. ein leidensweg. minus 4 grad. gefühlt minus 14. der wind fegt von osten, von der ij herüber, haut sich auf mich drauf, bohrt mir eiskristalle ins gesicht, lässt das fleisch spüren, das uns menschlich macht. und so verletzlich.

das motto ist gesetzt: sibirische kälte, die mich begleiten, die sich noch steigern wird in den nächsten tagen.

die wasser sind vereist
die brücken wie schlitten geformt
der große platz ein tanzparkett der schneekönigin
die schneekönigin liebt uns als zitterndes audi-
torium

alle energie ist nach innen gerichtet. verdichtet
sich zur hoffnung, dass noch ein warmer flecken
übrig bliebe bis man sein ziel erreicht.

die welt als gefriertruhe

ich denke an john william polidori, den mann,
der das vampir-sujet erfand.
und wie ich darauf komme? auf umwegen über
mary shelley und frankensteins tod in der
eiswüste. sie hat es sehr eindringlich geschildert.
frankensteins kreatur entkam. sie wird noch
unter uns sein. irgendwo hier. da. dort.
es schreckt mich nicht angesichts dessen, was ich
gerade durchmache.
es war ein nasser sommer, der sommer 1816, als
sie ihre geschichten schrieben, in lord byrons
villa am genfer see. der schnee war bis in den mai
liegen geblieben, dann gab es über-
schwemmungen und eine blutrote sonne. und
doch wollte ich, ich wäre dort und nicht hier.

ich wüsste nicht, eine solche kälte jemals erlebt
zu haben. vielleicht im schneewinter 1979. aber
das ist so lange her, das ist schon gar nicht mehr
wahr.

man sagt, dass feuer unter der erde sei. kaum zu
glauben.
die mir begegnen werden auch nicht sehr
überzeugt davon sein. es sind keine gesichter zu

erkennen. alle gehen dick eingehüllt unter mützen, schals, kapuzen.

kalte nase. kalte hände. ich habe meine handschuhe, anstatt sie im rucksack unterzubringen, in den koffer gepackt. dort liegen sie gut. das war sehr optimistisch gedacht. am liebsten würde ich mich kneifen, aber die finger spielen nicht so mit.

rette mich in die espressofabriek.

wärme. in schwarz & weiß. der schwarze teil ist getäfelt, der weiße hat, noch gut sichtbar, die alten fabrikhallenwände erhalten. schön. schlicht. angenehm.

4 lebensgroße fotos von rollerskatern an den weißen wänden. jungs mit nackten oberkörpern. jungs, die wissen, wo es lang geht. im sommer. auf dem großen platz vor dem großen alten wasserkessel. dort, wo jetzt die schneekönigin residiert. die bin ich erstmal los.

ein weiteres foto: der, der übers kuckucksnest flog. gar nicht befremdlich. passt dazwischen mit seinem flappigen grinsen. und ich überlege mir, was er wohl mit der fiesen schneekönigin angestellt hätte.

im schwarzen ist der gastronomische teil untergebracht. zig kaffeemaschinen, die spüle. ein tresenteil, an dem man auch sitzen kann, ein weiterer mit der kasse und dem kuchen. die bunte auswahl erscheint mir wie eine sommerpastorale. ich kann kaum den blick davon wenden.

finde erstmal platz an einem langgestreckten tisch. es ist voll. voller schutzsuchender, die sich wie in einem nest zusammenkuscheln.

ich gehe mir cappuccino und einen apfelkuchen bestellen.

es sind alles junge leute hier. hinter dem tresen. die besucher. studenten. ist alles im lot.

die appeltaart ist sehr lekker. nach alter art, von oma gebacken.

später gibt es cortado, tostis wären auch im angebot. tostis mit ... was ist paddenstoelenstoof? google help! pilze. lekker. also tostis mit pilzen. ein andermal. wie auch die abgepackten espressobohnen zum mitnehmen. ein junger typ hinterm tresen erklärt es mir. er hat die bohnen selbst geröstet. ist ganz stolz darauf, zeigt mir die röstmaschine. die steht gleich bei der tür neben der musikanlage. ich gehe nach draußen, eine rauchen.

bin an einen kleinen runden tisch umgezogen
rohrzucker im streuer
teelicht im glas
eine broschüre: cityme
und die muziek
wake up, little suzie
amazing
ein neuer nachbar lächelt mir freundlich zu
bevor er sich den letzten blueberry muffin bestellt
ich gehe wieder eine rauchen
windchill minus 19 grad

nur im schatten der häuser erträglich
wenn ich jetzt eine stimme übrig hätte
würde ich stockhausens stimmungen summen
ich hätte echt lust dazu
und - das würde die schneekönigin aber gar nicht
mögen

okay, die zeit ist da, der vereinbarte zeitpunkt
zur wohnungsübergabe. ich gehe zum hausboot
zurück. nun den wind im rücken. was es
erträglicher macht. trotzdem: frostküsse.
unkomplizierter empfang. ich bin der einzige
bewohner der oberen etage (es gibt ohnehin nur
zwei zimmer). code fürs schloss der außentür.
schlüssel für etagentür und zimmer.
ein fenster nach westen, eines nach norden. von
dort die aussicht auf die mühle. aussicht auf
wasser: überall. gefrorenes wasser. doch nur an
den rändern. es gibt eine ordentliche strömung,
zusätzlich windbewegt. enten und schwäne.
obendrüber: möwen. vor allem im westlichen
fenster, weil dort, gegenüber am anderen ufer
ein bürogebäude steht, mit einem flachdach, an
dessen rand, dem kanal (und mir) zugewandt sie
aufgereiht sitzen, in einigem abstand
voneinander, wie sie es überall halten, ein
geselliges eigenbrötlertum demonstrierend.
die kleine wohnung ist eng, vor allem im
badezimmer ist wenig platz, gerade mal genug
für eine drehung. ich stelle den koffer auf den
boden. dann bleibt noch ein schmaler durchgang

vor dem bett. das bett ist die hauptsache, ist groß und weich, zum drin versinken.

aber es ist noch nicht so weit. zuerst fahre ich das auto wieder weg. ich war rumgefahren, weil ich entdeckt hatte, dass man vom vredenhofweg, wo ich zunächst geparkt hatten, über den bordstein fahren und in einen schmalen weg einbiegen konnte, der am kanal entlangführte. so habe ich den koffer direkt vor der tür ausladen können. das war sehr praktisch gewesen. nun geht es um den pudding zurück, wieder über den bordstein in den weg, denn dort, kurz bevor er auf den kanal traf, hatte sich ein kleiner parkplatz gefunden, der wohl für die besucher der anliegenden hausboote gedacht war. da standen nur drei, vier autos, und ich stellte mich dazu. den automaten für die parkgebühren, der dicht des weges stand, nahm ich schulterzuckend zur kenntnis. klar, ich hatte davon gehört, dass die amsterdamer spinnen, dass die völlig am rad drehen mit ihrer abzockerei. auch meine gastgeber hatten mich vorsichtig darauf hingewiesen und mir einen p+r empfohlen. was? wie bitte? meilenweit entfernt sollte ich parken? und das bei der kälte. kommt nicht in frage. dickköpfe wie ich bohren dicke löcher in jede wand. der automat wird ignoriert. und außerdem - der controletti, der sich bei diesen unmenschlichen temperaturen hierher verirrt, der müsste noch erfunden werden.

so dachte ich ...

und widmete mich dem wesentlichen, den
grundbedürfnissen

ich wärme mir die hände, die hände das gesicht
und das nachmittagslicht macht ein nach-
mittagsleuchten
sanft fällt es ins zimmer
und der himmel ist von einem durchsichtig
hellen blau
und tut, als ob er keiner fliege ein bein krümmen
könnte
was auch stimmt, denn die fliegen sind alle längst
erfroren
bis auf die eine, die es immer geben wird
gerade bei den fliegen
denn über seinen geißeln breitet der schöpfer
seine schützenden hände aus
man sieht es ja an uns ...

also gut
das universum hat sich für eine weile in die ecke
gestellt und beäugt misstrauisch die chipstüte,
die ich zur begrüßung bekommen haben
bereite mir ungerührt einen kaffee, kippe
löslichen nescafé in den becher
lasse meine hände wärmebaukasten spielen
zwei auf eins auf drei auf vier auf eins
bis der kocher die geduld verliert

auch das universum gibt sein unverständnis zu
erkennen

nur das hausboot schwankt nicht die spur
aus der spur

ich bestelle mir einen tisch im pendergast, das ist
nicht weit entfernt, das essen soll lekker sein,
und bevor ich endlos durch nacht und wind ...

es ist auch so schlimm genug. die kälte hat sich
die dunkelheit gekrallt, die legt noch eine
schippe drauf.

das pendergast erweist sich als weitaus
unscheinbarer, als ich es mir gedacht hatte. man
hätte drüber stolpern können und hätte nichts
gemerkt. ein amerikanisches restaurant wollen
sie sein. davon ist nicht die spur zu erkennen.
dass es ihnen dabei einzig um eine bestimmte art
der zubereitung ihres essens ging, sollten ich
bald feststellen, nachdem ich den ersten schock
verdaut hatte. das ambiente war aber auch zu
minimalistisch. um es mal schonend und
barmherzig auszudrücken. doch immerhin - ich
saß im warmen in der kleinen gaststube an
einem winzigen tisch auf winzigem stuhl.
ich tröstete mich mit dem vagen gedanken, dass
holland kein großes land sei, und in amsterdam
mochte es auch beengt hergehen.
ein enthusiastischer junger kellner (der zudem
sehr großgewachsen war) gesellte sich an
meinen zwergentisch und erläuterte die
philosophie des hauses. das fleisch sei langsam
gegart über ausgewähltem obstbaumholz, daher

besonders zart und tender. ja schön, dachte ich nach gründlichem studium der speisekarte, das erklärt wohl die preise, denn bekanntlich ist holz in den niederlanden schon von jeher als rare kostbarkeit gehandelt worden. erst kürzlich hatte ich gelesen, dass ein im jahre 1783 nach dordrecht verkaufter eichenstamm die stolze summe von 900 gulden erbracht hatte.

ich fügte mich in mein schicksal, auch was den preis für ein glas bier betraf. vom wein hatte ich bereits nach einem flüchtigen blick abstand genommen.

das essen aber war ausgezeichnet, muss man schon sagen, und sich wundern, was sich alles auf zwergentellern unterbringen lässt. als extra gab es die tram. wenn sie, was sie alle 8 minuten tat, um die ecke kemperstraaat bog, durfte man das gefühl haben, dass sie gleich auf dem teller landet. mitsamt ihren insassen, die mich interessiert beim kauen beobachten durften. es ist eben alles etwas beengt hier. das haus gegenüber zoome ich mir spielerisch heran, frage mich, was sich hinter dem fenster in der 3. etage abspielen mag. ich sehe ein leeres wandregal. warum ist es leer? das zimmer ist beleuchtet. also wohnt dort wer. eine weitere tram nähert sich.

das brel. dort wollte ich hin. das war mein eigentliches ziel für diesen abend gewesen. allein der name. und auch was ich darüber gelesen hatte, hatte gut geklungen. viel-viel-versprechend.

ich: durchfroren von einmal um die ecke biegen. erwartete mich auch hier: enge. kein platz an der theke. ansonsten: vorne, gleich hinter der tür, wo die zocker an den beiden geldautomaten spielten, ein kleiner runder tisch, auf dem sie ihr bier abstellten. zwei unbenutzte hocker standen da, auf deren einen ich mich schüchtern niederließ. es hat mich aber keiner aufgefressen. es hat sich aber auch keiner um mich gekümmert, keine neugierigen fragen wurden gestellt, woher des weges ich gekommen. sie machten auch nicht den eindruck als ob sie angesprochen sein wollten. das zocken schien sie ganz in anspruch zu nehmen und schloss mich aus. doch die nette frau, die an diesem abend den laden schmiss, hat mir nicht nur die unsicherheit genommen, sondern auch das süße, blonde belgische wieze-bier empfohlen. darum bin ich dann auch, sobald dort ein plätzchen frei wurde, zu ihr an den tresen umgezogen. ihr name war monique. und die art, wie sie den laden schmiss, konnte nur als tänzerisch bezeichnet werden. im rhythmus der musik wurden gläser gespült, bier gezapft, kurze gespräche mit den gästen geführt. und die musik war gut, angereichert durch die wünsche zweier stammgäste, mit denen sich nun, nachdem ich ihnen mit erhobenem daumen meine zustimmung bekundete, so etwas wie einverständnis herstellte. es wurde gelächelt, mit den fingern geschnippt, mit füßen, händen,

kopf und körper gewippt. neue bierempfeh-
lungen drängten sich, da ich nun dem regal mit
den flaschen gegenübersaß, wie von alleine auf.
zu verführerisch klangen aber auch die namen,
leuchteten mir die bunten etiketten.

la chouffe
mit bierzwergen
die mich an die hefemännchen erinnerten
es gibt auch ein macchouffe
vermutlich mit leprechaun
whitesnake spielt
lekker muziek
die schlange ringelt sich
dort stehen sogar zahnstocher
zwischen den cognac und den whiskeygläsern
piratenbeer
und immer wieder shazam zum merken für
später
nothing else matters
brut de flandres
was geister weckt
kapuzenträger
zwerge, schon wieder
trinken bier und küssen
ja, doch, tatsächlich
da ist etwas, das aus den grachten kriecht
knocke le zoude
nein, es ist doch nur seine stimme
es gibt auch brugste zud
die tram
und die lichter von hannys snack shop

rachisches niederländisch

schön

taj mahal

und der mond als gebogene maske

und - und

wenn ich ein mond wäre

würde ich alles daran setzen diese finger zu küssen

an der wand ein schild, eine trophäe

white hart lane

die weiße harte straße

die weiße herzstraße

zum weißen hirschen

es wird ihnen wohl alles nichts genutzt haben, den spurs

sie haben bestimmt verloren

dies ist eine ajax-kneipe

keep on movin

ich frage mich, wie das judasbeer so schmeckt

während supertramp mit dem girlfriend

und unentwegt snacks

die mir die beschwingte hinter der theke zuge-schoben hat

immer rein damit, sage ich mir

ja

ganz groß: JA

und einen genever gibt es zum abschied

das ist amsterdam

ja. doch. schon.

nächster tag

es gibt menschen, die können keine vorstellungs-
kraft entwickeln.
sie befragen die karten und ziehen die morgenröte.
sie legen die stirn in falten und versuchen es
noch einmal.
wieder ziehen sie die morgenröte.
schütteln verständnislos den kopf.
und versuchen es ein weiteres mal.
doch wie oft sie es auch versuchen, sie ziehen
immer nur die morgenröte.
schütteln den kopf und verwundern sich.
bis der abendstern aufgezogen am himmel.
mitten im universum steht.
das kein verständnis aufzubringen vermag.
braucht es auch nicht, denn -
es entwickelt sich in einem solchen tempo fort,
dass ihm keine zeit dafür bleibt.
außer in diesen seltenen momenten. wenn es
seine augen von der chipstüte abwendet und mir
den becher mit dem frischgebrühten kaffee aus
der hand nimmt.
dann möchte ich wohl in seinem kopf vor-
kommen.

als ich dies dachte, musste ich lachen.
und erwachte.
es ist alles ganz schön soweit, denn -
es war nur das rascheln der heizung gewesen.

meine gastgeber hatten sie um 7 uhr in gang
gesetzt, für 7.30 uhr war der wecker gestellt. zeit
genug. recken und dehnen.

ein uhu ist ein uhu
ist eine uhunheimliche kreatur

es gibt keine uhus in amsterdam
und sollte es sie geben
würden sie auf ihrem nest abgestorbener seelen
sitzen
ausgestoßener innenwelt knoten gewölle

zitternd und frierend
denn keine macht der hölle wäre in der lage
dieses eis zu schmelzen

da machte es uhu
und ich erwachte zum zweiten mal

es zischelt und wispert. alles scheint sich dem
leben zuzuwenden.
selbst der zahnputzbecher möchte aus der
fassung springen.
bald fangen alle gläser an zu tanzen.
die meuwen kommen eingeschwebt (woher?).
meine gastgeber haben die crosantjes
anbrennen lassen.
nun kokeln sie auf der veranda.
das gibt mir zeit, erneut in den kissen zu
versinken.

hat es nicht noch einmal uhu gemacht?

es war der gedächtnisverwalter

uhu klebt
uhu ist der könig der nacht, oder
le grand-duc, wie man in frankreich sagt
hören sie die stimme des uhus auf ihrem handy
im falle eines falles
bubo bubo
the warmth of a local speakeasy
513 3rd ave
contact us

und schon wieder hat es bubo gemacht

ich gehe frühstücken. der zweite durchgang
crosantjes scheint gelungen.
nach dem frühstück werde ich wieder in den
kissen versinken
für stunden
die aus einer sich ins unendliche erstreckenden
anzahl von minuten bestehen
einem minutenmeer

bis zur mittagszeit
tiefe entwickelt
darin meiner augen
meeresleuchten

schließliches aufraffen
ich sollte ja wohl ...

doch ...

der weg zur bushaltestelle als einübung ins
arktische

im bus kann man nur mit bankkarte zahlen
das ist doch verrückt, da sind doch die menschen
ohne karte zum schwarzfahren verdonnert
was ja eigentlich ein sozialer gedanke wäre, ich
fürchte nur
das war es nicht, woran die amsterdamer
stadtverwaltung dabei dachte

fahre mit dem bus zum zentralbahnhof
leichte orientierungsschwierigkeiten (normal)
finde mich in die fußgängerzone
schlenderwetter ist das keines, viel zu kalt
viel, viel zu
kein stehenbleiben
die einkaufsstraßen europäischer innenstädte
gleichen sich ohnehin wie ein ei dem anderen
also höchstenfalls ein anderes gesprenkel, da
mal eine kante, die fremd anmutet
(die coffeeshops, nun ja, ähneln friseursalons)
(ein hang zu gallertiger ornamentik)

die kälte treibt mich voran

der königliche palast (na schön)
bietet aber keine rettung
ebensowenig die nieuwe kerk mit jeff koons
madonna

(nun ja, nun ja)
(peruginos kobaltblau)
(doch in kirchen lässt die kälte erfahrungsgemäß
nicht ab)
hingegen, dahinter, jenseits des voorburgwal (an
dem heftig gewerkelt wird)
das shopping center magna plaza einladend
winkt
ein neugotisches prunkgeschöpf, das vermutlich
einmal bessere zeiten erlebte
viele läden stehen leer
die restlichen sind prima für männer bzw.
duftkerzen
(so habe ich es später in einem kommentar auf
gooogle gelesen)
(herrlich!)
(auf eine solche kombination konnte aber auch
nur eine frau kommen)

ich wärme mich auf
wo soll ich mich hinwenden?
zu den grachten
buchhandlungen finden
ein zigarettenladen wäre auch nicht schlecht

also auf, es hilft ja nichts
kälte
doch um die ecke, gleich, die singel
na bitte
jedenfalls grachtenähnlich
(oder was)
zockele da mal so längs

schon schön (die schiefen alten häuser)
einige huntert meter weiter, aber hej
ein antiquariat (brinkman)
die auslagen draußen durchblättert, dann rein
(rein!)
schon schön
ja
interessant
ich schwärme mich aus
(also, dieses regal, und jenes)
originalausgaben von celans lichtzwang und
sprachgitter
ich überlege
aber ich habe doch die gesamtausgabe
auch brecht und benn und heidegger werden
verworfen
(mit mir ist kein geschäft zu machen)
ich verabschiede mich

und nun?
dorthinein
ins gassengewimmel
das mich auf den spui spült
und in den athenaeum boekhandel
schön, und weitläufig (in raum und angebot)
ich fotografiere die bücher, die mir gefallen
(wer will denn bei diesen temperaturen dicke
wälzer mit sich herumschleppen!)
kaufe dann aber doch: ein bändchen krolow,
undine gruenter und den doktor faustus
sowie, aus der veryshortintroduction-reihe der
universität oxford: infinity

(so ist man gerüstet für alle fälle)
(counting sheep in three languages)
(was geschieht, wenn nichts mehr geschieht
oder: was geschah, als noch nichts geschah, d.h.,
was war vor dem big bang)
(da saßen wir frierend in der ecke)

in dieser ecke, des spui, immerhin, fand sich das
ersehnte zigarettengeschäft
inklusive cannabiskeksen und cannabisbontjes
und mit der abbildung von cannabispflanzen
geschmückten feuerzeugen
jedoch eine nur mäßige zigarettenauswahl
egal, ein paar schritte weiter
the american bookcenter
pardiesische zustände
einzig die lyrikabteilung lässt etwas zu
wünschen übrig
ich gehe kaffee trinken und kuchen essen (teuer)
im hinterstübchen wird geld gezählt, dicke
bündel
was anlass gibt zu fantastischen überlegungen
(ich, im zentrum des verbrechens, der mafia
dunkler geschäfte)
der apfelkuchen scheint auch wieder von einer
oma gebacken
(der mamma mia aus dem mezzogiorno,
eigentlichem oberhaupt der familie)
(darum unsichtbar, vermutlich in einem
weiteren hinterstübchen, dem hinterstübchen
des hinterstübchens, wie eine spinne, lauernd)

draußen lauert die kälte
die sonne macht sich dünne
ich sollte wohl besser den rückzug antreten
rokin und rotlichtviertel (süß!)
grachten (niedlich)
also insgesamt recht nichtssagend

heimwärts
knöllchen am auto, ich fasse es nicht
hat sich also doch ein controletti hierhergetraut
bei der kälte
feststellung: die meinen es ernst
habe unterwegs auch beobachtet: die fahren
nicht nur mit autos rum, auch mit motorrollern,
um nur ja in die letzten ecken kriechen zu
können
(zu krebsen, zu husten, zu keuchen)
wie diese, in der ich parkte
weitere feststellung: die sind irre

ich hatte die niederländer immer für ein
freiheitsliebendes volk gehalten und eine solche
reglementierung eher in der angrenzenden
republik der autobahnteilstücke erwartet. na, da
war es schon schlimm genug, aber das hier war
die vorstufe zur hölle, der niedergang des
abendlandes.

ich streike
kein essengehen heute, kein brel
das knöllchen soll eingespart werden

fahre zur tanke
tanken
kaufe mir sandwiches
willkommener nebeneffekt:
muss später nicht mehr raus in die unerbittliche
kälte
nur: alkohol gibt es keinen
aber ich habe doch wein im kühlschrank
(begrüßungsgeschenk der vermieter)
0,5 liter
das muss genügen
bree, ein merlot aus frankreich
in einer flasche, die 2009 den reddotdesigner-
award gewann
ich finde die flasche auch ganz schön
sogar der inhalt lässt sich trinken

kissenversunkenheit

zweiter ganzer tag

aufstehen
zigarette rauchen gehen
den ersten kälteschock aufnehmen
trotzdem
rufen die möwen
weiß nicht
ruf ich zurück
(bin nur mäßig begeistert)
aber (aber)
beschluss:
ich fahre ans meer

frühstück
noch eine zigarette
aufwärmen
dann geht es los
die n 200 immer geradeaus
halfway (eben fort, fast schon da): haarlem
dann bloemendaal, overveen, bloemendaal aan
zee
ja, bitte: das meer
sehr ruhig, sehr gesittet
und fast schon erträglich
den sibirischen ostwind halten die dünen ab
(weitläufige dünen)

ich
versunken
weltfernblick
himmel wie stahl

(gefrorener stahl)
freude
die wellen singen leise
kommen flach und gleichmäßig eingelaufen
versuchen sich dennoch zu überholen
versickern gemeinsam im sand

ich stehe vor dem meer
wie ein gefäß
voller licht, voller gefühle

vor dem meer
mit tränen
die nicht rinnen wollen
mit einem lächeln
das nicht aufgeben wird

in meinen augen kenne ich mich

fahre weiter nach norden
ijmuiden
überlege mir, wie es wohl wäre ...
alsooo ...
wenn mich jetzt jemand filmen sollte
begleiten und filmen
filmend begleiten
ich würden schon ein bild abgeben, alsooo ...
ein klassiker werden, ja, mindestens, und
alle preise abräumen, hmmm ...
überdenke kurz die konsequenzen, überlege
dass ich mir selbst ganz gut bin
und genug

es gibt drängende probleme, denn

warum zeigt sich nirgendwo ein supermarkt?
warum verstecken die holländer ihre super-
märkte?
(denn geben, soviel ist gewiss, geben wird es
welche)
bin zutiefst irritiert und verstört
so etwas habe ich noch nirgendwo erlebt

also lasse ich wieder frau navi sprechen
deren freundliche stimme mich zu einem vor-
deelmarkt führt
habe mittlerweile beverwijk erreicht
geradeaus, rechts, links, rechts, rechts, rechts,
links
ich bin da
frage mich nur, wie ich hier wieder herausfinden
soll
(die freundliche stimme wirds schon richten)
der supermarkt ist erste sahne
ich kaufe
salat, butter, käse, schokolade, bier, sogar einen
vermouth, sperone rosso, einweggabeln
(wichtig), knallbunte makronenkekse, hühner-
brühe (äußerst wichtig)
finde mich wieder heraus
fahre weiter nach castricum aan zee

draußen ein großer windpark, viel schiffs-
verkehr
ein boot der marine, küstenschutz, unterwegs

immerhin, die deutsche marine dümpelt im hafen
es fehlen die ersatzteile, das lässt mich
an den bericht neulich im radio denken
19 einsatzfähige panzer in munster lager
putin wird vor angst bibbernd im kreml sitzen
ich grinse mir eins in eiseskälte
ich habe absolut keine lust auf einen krieg
und wünsche mir dauerhafte unfähigkeit

dritter ganzer

tagesmotto:
ist das mädchen brav
ist der mond konkav
hat das mädchen sex
ist der mond konvex

schnee über nacht, kalt und kälter
beim rauchen: der schnee treibt mir ins gesicht
der schnee klebt an den schuhen
auf der matte gleich hinter der tür lass ich sie
stehen

frühstück
der kampf mit der kaffeemaschine
(wenn doch der filmemacher hier wäre!)
bröckelnde crosantjes

nach dem frühstück geh ich zum parkautomaten
habe mich aufs stundenweise bezahlen verlegt
von 9 bis 13 uhr
dann sind sie durch und kommen nicht wieder
(so habe ich's mir ausklamüstert)
(hat auch prima funktioniert)
nur der parkautomat will mich, wie gestern
bereits
(als ich es erstmals praktizierte)
nicht verstehen
ich stecke die kreditkarte ein
kenne ich nicht, sagt er zum ersten
akzeptiere ich nicht, sagt er zum zweiten

(während meine finger einzufrieren beginnen)
na schön, gibt er sich zum dritten zufrieden
(wie gnädig!)
(zähneknirschen)
(fluchen)

mühle im schnee
kanal im schnee
enten zwischen schnee und eis
meuwen unverzagt

ich schon eher

alsooo - weiter als bis in den westpark schaffe ich
es nicht, niemals

nicht sagen nichtssagendes
der schnee und die kälte machen leise
introvertierte motorengeräusche
der niederländischen staatsbahn
die stadt wirkt nicht nur eingefroren
sie ist es (endgültig)

nach 10 schritten ist man fertig mit der welt

wieder in der espressofabriek
finger auftauen
kaffee und kuchen bestellen
wärme & (wärme und)

sprachfetzen
gesprächsaufnahme

dieser tisch hat geschäftliches zu behandeln
(tabellenkalkulation)
jener poesie

möhrentorte mit zimt und rosinen
blicktrocken
schrundig wie meine hände
vom daumen schälen sich abgestorbene haut-
fetzen
fingeransatz wie schmirgelpapier

die außenhaut ist enorm eigensinnig
handschuhe mützen schals
dicke jacken mäntel
versichern sich ihrer uneigennützigkeit

linien zeichnen
schraffuren
etwas in die welt setzen
sich der welt entsetzen
und ver setzen
anderswohin
wo der winter noch kälter ist
(der gedanke verschafft ein wohliges kribbeln im
kleinen zeh)

man betritt das café
und eine neue geschichte beginnt
(die geschichte davor versinkt in dunkel)
(ich vergaß, wie blauäugig die rose war)

vier laptops
diverse handys
gesichter
die reden
be redet schweigen
sich be leben
über den bildschirm geneigt
erforschtes sich ereignen
ernste und lachende münder
dramen erfahre ich keine
will auch keine erfinden
subtile architektur
inwändig
ein wärts ein gedreht
in gefühle gedanken äußerungen
zwei köpfe weiter
schwärmt das licht aus
orangenbäume
stil ist eine lebenserfahrung
hier findet leben statt
und das leben ist die blume in der frizzcola-
flasche
zukünftige stimmen
werden von fliegenden donuts sprechen
wenn du verstehen lernst
dass deine gegenwart biegbar ist
wird dir die zukunft weniger furchterregend
erscheinen
un terrifying
mir vorzustellen
wie meine zukünftigen fußstapfen aussehen
werden ...

aus den erinnerungen eines skins:
wir gingen die grafton street hinunter, wie
moses, als er das rote meer teilte
so wichen die leute vor uns zurück

ein junger mann im gestreiften anzug
schlips, hornbrille & schiebermütze
sitzt vor dem schwarzen teil der wand, die
keine schattenaugen kennt
die musik rieselt wie ein tränenbach
spinnwebe im weißen
riss im mauerwerk
rapunzel wirft ihr haar
bücher schlagen sich selber auf
lesen sich selber vor
an einem nachmittag, der
wie ein löwe um jeden einfall kämpft
doch mein hausboot ist nah
bloß 579 schritte durch die kälte

auflaufendes wasser im kanal
lippen, geschlossen
ein geheimes versteck
das wasser steigt
von dort
ist es nur eine leichte drehung
zum schwung meiner nase
die eine zugbrücke ist

später: das leitungswasser friert ein
meine vermieter sind außer haus
dafür kommt die kleine schwarze katze auf
besuch

wie ein kleines haus
das sich nicht öffnen möchte
zieht sich die decke über den kopf
kriecht wieder hervor
nimmt mein notizbuch in die pfoten
schreibt verse der unruhe
ich fürchte, ich bin schuld
gehe rauchen, huste zum gotterbarmen
reiche mir bei der rückkehr efeuextrakt

ich kenne dich, kleine katze
wenn dein mund den entschlossenheitswinkel
findet
verkrieche ich mich im fell hinter deinen ohren

vor der nacht deiner augen erinnerung
lassen die kälte vergessen
ein mondstilles geheimnis

aufbruch

minus 8 grad
es reicht
schnupfen, husten, rauchige stimme
die reise wird in die geschichte eingehen

eguisheim / rue du rempart nord n• 25

die enge gasse, das schmale fachwerkhaus, die
steile stiege mit den buntbemalten bettwärmern,
die schneerollen auf dem dach gegenüber, zum
greifen nahe, und doch so unwirklich, weil man
anfang märz keinen weihnachtlichen zuckerguss
mehr vermutet, der wackelige runde holztisch
mit der alten lampe und ihrem schirm aus
blauem glas, was alles ich mich kaum zu
berühren traue, aber dann lege ich doch meinen
bücherstapel darauf, den krolow, die gruenter,
den thomas mann, betrachte die bilder an den
wänden, die holzdecke mit ihren blütenornamenten.
in der küche erwartet mich der selbstgemachte
gugelhupf. den hat die oma gebacken, erklärt
katja, die vermieterin, die mich gemeinsam mit
ihrer kleinen tochter erwartet.
die beiden sind von colmar herübergekommen,
dorthin fahren sie auch gleich wieder zurück, das
häuschen steht zu meiner alleinigen verfügung.

das haus gegenüber, das mit den schneerollen, ist eine auberge, dort ist aber niemand, auch die bar st. leon wirkt verweist, geschlossen der kleine trödelladen im haus nebenan. der würde mich schon interessieren, es scheint aber fraglich, ob er überhaupt in den tagen, die ich hierbleiben werde, seine pforten öffnen wird. auch andere geschäfte und restaurants wiegen sich sanft im winterschlaf. es sind auch nur wenige besucher unterwegst, übernachtungsgäste wie ich werden wohl an einer hand abzuzählen sein.

blättere im gästebuch nach. der letzte eintrag stammt von sylvester.

gemütlichkeit. die zimmer, anfangs noch etwas beklommen, wärmen sich auf, ich mich mit ihnen.
holz. viel holz. hölzerne streben und balken. auch die decke der stube ist aus holz. rostrot auf sandgelb mit blütenornamenten bemalt.

abends im kas fratz
es gibt choucroute
das ist nicht der brüller
doch der keller, in dem das restaurant untergebracht, ist klasse
und der wein
eine flasche pinot noir von freudenreich

colmar

der isenheimer altar

es wird nacht. dunkelheit zieht auf. der himmel ist mit sich selbst beschäftigt. abwesend wie selbstverständlich und wenig verwunderlich. abschreckend zugleich. doch wann hätte ein himmel sich jemals um das geschert, was die kleinen menschenseelen drunten auf der erde bekümmert.

die bildfiguren stehen auf einer kahlen anhöhe, dem berg, von dem die schrift spricht.
das irdische material folgt der düsterkeit des himmels. steht ihm in nichts nach, steigert im gegenteil dessen abweisende haltung.

die figuren leuchten. ob wir uns von fern nähern oder, falls wir den seitlichen eingang wählten, direkt davor zu stehen kommen. sie leuchten wie einsame inseln. sie begegnen uns. nicht wir ihnen. sie treten vor uns hin. präziser noch: sie treten vor uns auf wie eine gruppe von pantomimen.

seht her, sagen sie

und wir sehen

den, der da hängt, und der da leidet. wenn er nicht bereits gestorben ist. eben. eben in diesem

moment erst. da es denen bewusst wird, die nun
in ihren schmerz versinken.

wir, die wir hier stehen, werden zu zeugen gemacht

der gekreuzigte blüht im heiligen feuer.
ein elender anblick. blut und qual.
zerschunden, ein aussätziger wie diejenigen, die
einstmals die kirche besuchten, für die der altar
ursprünglich bestimmt war.

seht her, sagte er
und sie werden es verstanden haben
noch besser, wenn es sie getröstet haben sollte

seine ins überlange gezerrten arme
die dornengespickte haut
die gewaltigen nägel, mit wucht durch hände und
füße getrieben
mit wut
steh ich davor

was man ihm angetan, sollte keinem menschen
angetan sein
und doch geschieht es weiter und weiter fort

trost?

im totenbleichen gesicht der mutter
in der sich aufgezwungenen gefasstheit des
jüngers

der puren verzweiflung der maria magdalena

kein trost

schon gar nicht auf der anderen seite des kreuzes

das lamm ist das lamm, es muss bluten. der täufer unterstreicht seinen anspruch als verkünder. diese beiden gehören nicht dazu. sie stehen abseits. sie haben es bereits hinter sich. sie dürfen allegorien sein.

seht her. er hat für euch gelitten.
ihr leidet mit ihm.
ihr leidet, wie er gelitten.
für alle zeiten.

ich sehe keinen trost
die predella
was soll ich sagen
die maria und der johannes sind unerheblich
doch der zerschundene
und das abgelebte gesicht der maria magdalena
(es ist das leben, meine ich)

die beiden säulenheiligen, den pestheiligen und den der mutterkornerkrankten will ich nicht unerwähnt lassen. sie haben aber nur begleitende funktion mit einigen zärtlichen nuancen.
ein hexisch langmähniger (die körperhaltung stimmt, es fehlt nur der besen) und ein

geputteter engel, die eingeschwebt kommen, um
dem sebastian die märtyrerkrone aufs haupt zu
wuchten (das werden sie).
eine teufelin, die das kirchenfenster durchbricht,
um dem antonius nahezukommen.

vorahnungen

das kreuztableau ist die empfangshalle
die nacht ist angebrochen
die nacht
wird

es entwickelt sich

zum milden
hintergründigen
zum weihnachtlichen mittelbild

engelskonzert
und menschwerdung (maria mit kind)

was werden sie gesungen haben
inbrünstig

der linke mittelteil: das engelskonzert

was da an volk herandrängt
möchte man vielleicht gar nicht wissen
es ist auch schwer zu deuten, jedenfalls
dass sich luzifer und sein gesinde
unter die himmlischen mischen

ist anzunehmen
es ziehen sonderbare zeiten auf
bereiten sich vor in zeichen
die unterscheidung von gut und böse
scheint aufgehoben
auf den ersten blick
der zweite hinterlässt schrecken

der rechte mittelteil: maria mit dem kind

wenn es nur diese beiden wären
die sanftmut, die mutterliebe
harmonie im tetraeder

jedoch gibt es einen hintergrund
einen berg, der feuer speit
einen himmel, der flammen regnet

gott
darüber, oben
ist ein zauberer
der kräfte entfesselt, die er nicht hätte erwecken
sollen

es ist seine entscheidung

wir stehen davor
und sehen

linksaußen
die verkündigung

und wieder, wie bereits im ersten bild: der
ausgestreckte zeigefinger
doch wo jener, des täufers finger, in einer nahezu
gelangweilt anmutenden geste
(allerdings mit der berühmten überlänge)
auf das: seht her
gerichtet ist
ist es hier ein sehr bestimmender, insistierender
finger des engels
du
sagt er
du, du
da kannst du dich sträuben wie du willst
du bist auserkoren

wie eine drohung
scheiße, denkt man, das arme mädchen
noch so jung
sie sträubt, sie quält sich
doch sie wird es auf sich nehmen

ganz eine andere die maria, die otto dix malte
jünger noch, widerstrebiger
ein trotziger teenager

die mag nicht
die mag gar nicht
sie wird schmollen, sie wird allen den tag
vergällen
und sie wird sich nicht in ihr schicksal fügen
diese nicht

hier endet die geschichte
nichts, was nun kommt, wird sich ereignet haben

so erscheint es fast folgerichtig, dass
außen rechts: die auferstehung
in popart ausartet
himmelfahrt in bunten farben, sannyasinkostüm
in gelb und orange
blaues larifari, tanzender derwisch aus der
flaschenpost
die fiesen besatzer sind längst vollgedröhnt zu
boden gegangen

das ist aber auch einer!
voll der strahlemann, blondhaar zum kreischen
und gleich zweimal das peacezeichen

seht her! ich bin's
klar
geht voll ab, mann

missverständnisse
die kein ende nahmen
keines nehmen wollen

sie streiten
auf den flügeln der dritten bildtafel
streiten, wer das brot brechen darf, dem leib die
knochen
verwahrloster bart, schmutzige fingernägel -
ein früher charles manson, der eine
und wieder der ausgestreckte zeigefinger

von ihm auf den da
den anderen

antonius

um im bild zu bleiben, könnte ich sagen:
ein schnüffler des fbi
dem die mafia im nacken sitzt

um nicht aus dem bild zu fallen
tu ich es nicht
denn nun kommt das eigentliche
das
warum man den isenheimer altar nicht vergisst

den kopf, das gesicht, den ausdruck im gesicht
des antonius

ist es wollust, ekstase in der erfahrung des
leidens?
ich mag dieses gesicht nicht
diesen abglanz der zufriedenheit
denn das ist es, das ich darin zu entdecken meine
den trieb, die begierde, das verlangen eines
abscheulich kranken geistes

die dämonen sind dämonen
dieser aber ist des teufels

anschließend ptit venice (sehr petit)
einkaufen im supermarkt für besondere
leckereien (name vergessen, wahrscheinlich
grand frais)
tanken
zurück im fachwerkhäuschen packe ich aus, gehe
auf die grand rue zu freudenreich, kaufe den
pinot noir, der mir gestern so gut mundete, und
einen gewurztraminer
trinke kaffee, nasche eclairs, auch der
gewurztraminer wird probiert, der käse, das
brot, ein pain de campagne, sehr aromatisch,
schöne kruste

rückenschmerzen: blöd
die beiden sesselartigen, die in der mittelstube
stehen, sind aber auch zum drinversinken und
nie wieder aufstehen

abends geht es ins caveau heuhaus
wieder ein kellergewölbe, bunter als gestern
esse einen flammkuchen, dazu salat, trinke einen
muscat

eguisheim

wenn es abend wird, ruft das kopfsteinpflaster. die tür, die ich ins schloss fallen lasse, ist das lauteste geräusch. es hört es keiner, denn der einzig träumende bin ich. von dach zu dach, zwischen den hochgiebeligen häuschen, die sich nun, da es dunkel geworden, noch etwas enger zusammenducken als bei tageslicht. die gute stube wölbt sich wie ein erker über die straße aus. droben im schatten kann ich den plüschhasen und das schäfchen erkennen, die als verzierung vom blumenkasten baumeln und mir zuzwinkern. die dunkelgebeizten sparren und brustriegel, der mit einem frischen narzissengelb bestrichene lehmbewurf, ich sehe das alles, ich habe eben noch nachgelesen was es mit der architektur von fachwerkhäusern auf sich hat. nun fällt das ganze schöne wissen ins kellerloch und ich meine fast die vier hexen, die den eingang bewachen, hämisch sich in die seite stoßen zu sehen. ich dreh ihnen eine nase und zünde mir die langersehnte zigarette an.

wenn ich das strässchen auf und ab schaue, sehe ich vier gelbe laternen leuchten. die hängen in unregelmäßigen abständen von häuserfronten, die es sich gefallen lassen. nur vier. dabei ist es gut ein fünftel des gesamten kreisumfanges des kleinen örtchens, den ich hier überblicken kann.

ich stehe auf der straße und schweige. der rauch, den ich ausstoße, verweht ohne jeden laut. doch schwingt eine leise summende melodie zu mir auf.

erst dachte ich, dass es von den dünnen rinnsalen tauenden schnees stammen müsse, doch die zerflossen ohne ton. ich stand und lauschte und verwunderte mich, bis mir einfiel, dass es die alten häuser sein mussten. die flüsterten mit zarten lippen, roten wangen. ich sah zehn jungfrauen in langen gewändern aus den toreingängen treten. eine jede hielt eine brennende kerze in händen. damit leuchteten sie mir den weg ins paradies.

unbedrängt schritt ich ihre reihe ab
bis ich mich im stengel einer pflanze wiederfand
der sich um mich zusammenzog
und mir die luft abdrückte
oh perfidie!
wollte ich noch rufen
es war zu spät

ich schlage die augen auf
ich höre die glocken läuten
ich zünde eine zweite zigarette an

rue du rempant n
(n = nord)
die belüftungsanlage
das abflussrohr

der gullydeckel
le cimetière des mégots

hinter den butzenscheiben der residence venus
zeigt sich
(für den bruchteil einer sekunde)
der saum eines kleides aus dem 18. jahrhundert
die fensterläden sind mit herzchen verziert

rue de l'hôpital
an verrosteter kette
das blecherne schild des restaurant dagsbourg
jammert
wenn der wind dagegenstößt

place du chateau
der große brunnen, dem das wasser fehlt
aufblickend: das steinbild des alten papstes
(scheint sich nicht daran zu stören)
höher hinauf: die storchennester
zwei auf der burg, eines auf der kapelle
die störche stehen unbewegt
figuranten mittelalterlicher hermeneutik

grand rue
ich drücke die zigarette auf dem rahmen eines
mülleimers aus
versenke die kippe (beerdige sie)

das weingut der freudenreichs
deren pinot noir ein schwelgerisches vergnügen
weitere gelbe laternen

verwischte inschriften
ein weinender hund
eine rote katze
noch fließt kein rebenblut

rue msg stumpf
(msg = monsignore)
das caveau heuhaus
die bunte höhle
der marktplatz, der brunnen
dessen plätschern
aus zwei gusseisernen rohren rinnt

der widerhall des kopfsteinpflasters
das echo der häuser
die ihre köpfe über dem meinen zusammen-
stecken
sandstein, holz und lehm
irdisches behagen und mystisches raunen
glockenschlag

place de l´église
umkehr mit dritter zigarette

widerhall
echo
mystifikation

ausflug nach riquewihr

das glück lässt sich finden
in riquewihr
in der poterie und dem antiquitätenladen von
witt claude
in der crèmerie au coin gourmand
schließlich, dann, auf dem rückweg, bei e.leclerc
in wintzenheim

so viel glück in wenigen worten

oder in eines zusammengefasst: brouilly
plus qu'un vin, une bénédiction

und da muss ich bei undine gruenter lesen, dass
das saufen und die damit einhergehenden
abstürze ganz unbedingt zum schriftsteller
/innen-dasein gehören
(dem der marguerite yourcenar, marguerite
duras und ihres eigenen), wobei das auslöschen
des bewusstseins als der preis zu verstehen sei,
den man zu zahlen habe
gut, so ganz unrecht wird sie wohl nicht haben
da ich zwar ein großer trinker, aber kein säufer
bin, werde ich es wohl nicht vollständig beur-
teilen können
ich lasse ein ungehöriges schmunzeln über mein
gesicht huschen, greife nach dem brouilly, trinke
zwei schlucke (zwei sehr bewusste und
genussvolle schlucke), gehe eine rauchen

stehe auf der strasse und betrachte versonnen die gelbe laterne (eine der vieren hängt vom nachbarhaus), die bar st. leon und deren verschmitzte (apéro malin de 16 - 19.30) öffnungszeiten, was ich sehr in ordnung finde, die nacht wird lang genug

ich denke an den jungen mann im käsekeller unter hansis museum, der den besuchern mit schwung und begeisterung sein sortiment nahebrachte, denke an die großen runden käselaiber in den regalen, die wie ruhende monde auf ihren nächsten einsatz irgendwo in den weiten des universums warteten und dabei ihren würzigen duft verströmten, in dem sie all ihre erinnerungen an das geschehen ver-gangener äonen zum ausdruck brachten

zum abschied, und weil ich so fleißig eingekauft hatte, bekam ich ein ansehnlich großes stück käse geschenkt, dessen rinde der oberfläche eines von unzähligen einschlägen gezeichneten kometen gleicht

den brouilly gab es bei e.leclerc

den brouilly und den käse und das pain de campagne gibt es in der küche
ein großer abend

beim lesen im doktor faustus bin ich dort
angelang, wo wendell kretzschmar
(mit allen begleiterscheinungen)
zu sprechen beginnt

puh!

kalt, kalt
der schnee wandert bergab
trotzdem fahre ich los, will nach hunawihr,
später ribeauville

hunawihr: saint jaques, die kirche, die oberhalb
des dorfes inmitten der weinberge liegt
die kirche der beiden konfessionen
eine gute idee, und
was haben sie sich früher gestritten
ich lese es aufmerksam nach, betrachte die
fresken, zünde eine kerze an
als ich die kirche verlasse, hat es zu schneien
begonnen
ich streiche ribeauville, beschließe stattdessen
eine runde die berge hinauf zu fahren
was für eine schnapsidee!
es geht hoch hinauf, höher als ich vermutet hatte
es schneit und schneit, die strasse ist teilweise zu
überquere den col haut de ribeauville, 740 meter
wenn ich noch 50 m höher hätte fahren müssen,
wäre ich stecken geblieben

so geht es gerade noch nach sainte-marie-aux-mines hinunter
habe die nase voll und kehre zurück

nachmittags:
eguisheim, die kirchen
finde ruhe, ohne danach gesucht zu haben
in der kapelle des papstes leo
um beleuchtung zu erhalten, heißt es 50 cent einwerfen (gebongt)
kirchengesang aus lautsprechern, die mit tüchern verhüllt sind
von gleicher farbe wie die wände
ich komme mir wie im inneren eines bonbons vor
das bunte fensterglas, die bemalung von wänden und decken
die neoromantik des kaiserreichs nach dem gewonnenen krieg
als alles neo war, außer der welteinsicht, bis man daran erstickte
die dorfkirche st. peter und paul gefällt mir deutlich besser
dort fanden sich die uneinsichtigen jungfrauen und eine maria mit bauchladen
kerzen habe ich allen spendiert

abends:
ich geh eine rauchen
die glocken läuten
die störche klappern
der brunnen an der rue mgr stumpf plätschert

die fachwerkhäuser werfen ihre schatten
kein frieren mehr
der schnee ist schon wieder geschmolzen
mein schatten wirft sich in die schatten der
häuser
ich rauche, nehme wahr, dass
schönheit nur in augenblicken zu erreichen ist
(aber dann weißt du es)
die sprache darf dann pause machen
selbst das denken
que le bonheur
etwas magie färbt auf die stuhllehne ab
(woran ersichtlich: ich bin wieder im haus)
betrachte das nächstgelegene bild
napoleon und seine generale reiten in russland
ein
im hintergrund eine graue masse: die infan-
teristen
die stunde der geister naht
ein glas gewurztraminer
bald vereinigen sich die spundlöcher
sprießen die pilze
was aufgebrochen war mich zu erschrecken
endet im dickicht französischer betten

traum

eine offene wendeltreppe, wie es sie in meinem elternhaus gab
nur vergrößert, erhöht
ich stehe am aufgang der treppe
auf mich zu, die treppe herab kommt etwas, das wie ein bettlaken aussieht
doch ich spüre die präsenz von etwas festerem, böseren
eine weiße wand, die mich zu erdrücken kommt

ich verwandele mich in ein kind
krieche unter die treppe und hocke mich in den schatten
sobald das böse weiße den fuß der treppe erreicht hat, zwänge ich mich zwischen der zweiten und dritten treppenstufe hindurch, befinde mich nun im rücken der erscheinung
die nicht anders kann als ihren kurs fortzusetzen und sich in der gegenüberliegenden wand auflöst

die dame von eguisheim

ich war etwas erstaunt, als mir der wirt anstelle des bestellten choucroute einen immerhin prachtvollen und mir sonnig entgegen-lächelnden rundbäuchigen munsterkäse ser-vierte.

ich wollte schon um eine erklärung bitten, als er, bedauernd mit den schultern zuckend, meinte: die dame dort hinten äußerte sich dahingehend, dass es bekömmlicher für sie sei ...

die dame dort hinten hatte sich in diesem augenblick über den tisch gebeugt und zupfte ihrem gegenüber am hemdkragen.

aber nein, nicht diese dame, bemerkte der wirt, der meinem blick gefolgt war, doch wie ich sehe, ist die dame, die ich meinte, bereits gegangen.

ohne mich weiter zu besinnen sprang ich auf und stürzte aus dem haus. weit konnte sie ja nicht gekommen sein ...

es war ein milder frühlingsabend. ich befand mich inmitten der engen gässchen von eguis-heim.

da das städtchen nicht mehr als 400 meter durchmesser innerhalb seiner fast kreisrunden mauern misst, glaubte ich sie leicht finden zu können.

ich stürzte weiter fort ...

es waren wohl noch einige damen unterwegs, doch sämtlich in begleitung, außerdem kamen sie sowieso nicht in frage.

nachdem ich den ort zweimal umrundet und viermal die kreuz und die quer durchschritten hatte, gab ich auf. ich wollte in das restaurant, das ich so fluchtartig verlassen hatte, zurückkehren und mich bei dem wirt entschuldigen. außerdem hatte ich hunger.

der wirt empfing mich trotz meines sonderbaren benehmens von vorhin mit ausgesuchter höflichkeit und geleitete mich an meinen vorigen tisch zurück, der unbesetzt geblieben war.

die dame, sagte er, sei inzwischen noch einmal dagewesen und hat für alles was sie verzehren werden, die rechnung übernommen. außerdem soll ich ihnen, verzeihen sie, aber so lauteten ihre worte, ausrichten, dass sie einmal ihren kopf gebrauchen mögen.

ich empfehle ihnen einen gewurztraminer. er wird sich wunderbar zum choucroute eignen.

durch die weinberge

am ausgang des dorfes, der zugleich aufgang zu
den weinbergen ist
steht ein steinernes kruzifix
das 40 tage ablass in aussicht stellt
dem, der
5 vaterunser
5 ave maria
und zweimal den glauben spricht

wenn das kein faires angebot ist

ausblicke und einblicke
kein blut klebt an den reben
unmöglich vorherzusagen
wohin das jahr uns führen wird
es ist ein zaghaftes werden
solange die fernen berge schnee tragen
bleibt alles in der schwebe

mühen sich die kleinen vögel im kahlen geäst
zetern überm burgberg die krähen

ungeblümt der wegrand, aber
sukkulenten in mauerritzen, schade
wenn ich jetzt ein schäufelchen bei mir hätte
doch den alten weinstrunk mit dem fuchsgesicht
packe ich in den rucksack

nachmittags:
nochmal die eguisheimrunde

die kirchen
storchenflug

abends:
ein weiteres mal die vorstellung von mir als
kleinem kind
das sich auf die stufen eines der alten häuser
setzt und lauthals verkündet:
das ist mein lieblingsplatz! hier gehe ich nicht
weg!

zwei frauen, die sich voreinander verbeugen
und sich versichern, wie schön es doch sei
comme un conte de fées

abends: beethoven, opus 111
roter mond
leb-mir-wohl
schla-fe-tief

an wen soll man sich wenden, wenn die zeit
knapp wird?

ich rufe kirow an
aus kirgisien? fragt er
ich komme bald zurück, sage ich
das ist gut, sagt er, es wird einen langen heißen
sommer geben

ich denke an benno
und dass ich meine träume verbiegen möchte